「좋은 주례사 행복한 결혼」
천년 행복

주례사 77선

-당신이 행복해야 내가 행복하다-

정 하 선 지음

㈜이화문화출판사

자 서

주례사 77선을 책으로 묶는다.

저자가 신랑 신부에게 해주었던 주례사 중 77편을 선별하였다.

물론 나 자신이 잘된 주례사라고 생각은 하지 않는다. 다만 지금 주례로 활동하려고 준비하시는 선생님들, 그리고 지금 주례로 활동하고 계시지만 다른 주례사를 찾고 싶어 하시는 선생님들에게 조금이라도 도움이 되었으면 하는 마음에서 책으로 만드는 것이다. 또 한편으로는 결혼을 하여서 살고 있는 부부들, 그리고 사회를 보려고 하시는 친구에게도 도움이 될 수 있도록 약간의 배려를 하였다. 나 자신 이렇게 살아온 것은 아니지만 그러나 평소에 생각하고 있던 말들이다. 결혼을 하고 새로운 가정을 꾸미는 신혼의 부부에게 축하의 말이라고 생각하면 좋으리라고 생각한다. 어차피 주례사는 축하의 말이 아니겠는가. 아무쪼록 읽은 이에게 조금이라도 도움이 되었으면 하는 바람이 전부다.

내가 주례를 집례하면서 생각하는 것은 주례사의 좋고 덜 좋음보다는 내가 주례를 본 신랑과 신부가 평생을 행복하게 잘 살았으면 하는 마음이 전부였음을 여기 덧붙인다. 아마 모든 주례 선생님들이 다 그러리라고 생각한다. 그런 마음에서 읽어주신다면 저자로서 그보다 더 감사함이 없겠다.

이 책은 '좋은 주례사 행복한 결혼'의 수정 증보판으로 쓰고 출판하는 것이다. 전통혼례와 제례도 사례편람을 기준으로 편저하였다. 실생활에 보탬이 되도록 한글로 최대한 쉽게 써 보았다. 많은 도움이 되었으면 한다.

2018년 8월
저자 정 하 선 (시인)

목 차

4

제 1 장

주례사 11선

인생 항로에 새 배 한 척 띄우는

지금 밖에는 꽃들이 만발하여 향기로움을 온 세상에 나누어 주고 있는 이런 좋은 계절, 길일 중에 길일을 택하여 화촉을 밝히는 신랑과 신부, 그리고 혼주댁 양가에 진심으로 축하의 말씀 드립니다.

아울러 공사다망 하심에도 두 분의 결혼을 축하하여 주시기 위하여 자리를 빛내주신 하객 여러분께 혼주댁을 대신하여 깊은 감사의 뜻 전합니다.

오늘 이 자리에서 백년해로 언약을 다짐하시는 신랑과 신부에게 이 주례는 인생의 선배로서 살아가면서 간직하였으면 하는 말 몇 마디만 간단히 조언 드릴까 합니다.

예로부터 효는 만복의 근원이라고 하였습니다. 여기 서 계신 두 분 누구보다도 효심이 두터웠다고 알고 있습니다. 앞으로는 그 두터운 효도의 마음 위에 더욱더 두터운 효도의 마음을 차곡차곡 쌓아가실 것을 부탁드립니다.

신랑은 처부모님을 친부모님처럼 생각하시어 항상 소중하게 여기시고 공경하여야 할 것이며 신부 역시, 시부모님을 나를 낳아주신 부모님처럼 생각하시어 항상 따뜻하고 온화하게 섬기시며 평생을 함께 하여야 할 것입니다.

오늘 인생 항로에 결혼이라는 새로운 배 한 척을 축조하여 띄우는 두 분 순풍에 돛 달아 앞날이 순조로운 항해가 계속되리라 믿어 의심치 않습니다만, 만약 비바람 만나는 날이 있거든 인내와 끈기로 고난과 역경을 극복하여야 할 것입니다. 혹 어깨 처지는 일 있거든 두 분 서로 깊은 사랑과 격려로 어깨 추켜세워 올려주시고, 세상사 크고 작은 일 항상 두 분 힘을 합하여 세상길 열어 나가신다면 큰 행운의 날들이 두 분의 앞길에 행복의 황금빛 카펫을 평생 동안 펼쳐 주리라 나는 믿으며 두 분께 말씀드리고 싶습니다.

다음은 건강에 대하여 한 말씀 드리겠습니다. 나는 건강에 세 가지 건강이 있다고 생각합니다. 한 가지 건강은 육체의 건강이고 또 한 가지 건강은 정신의 건강이라고 생각을 합니다. 육체의 건강은 내 의지와 상관없이 그래프를 그려나갈 수도 있겠습니다만 정신의 건강은 내 의지와 비례해서 그래프를 그려나간다고 나는 생각을 합니다. 이 말이 무슨 말이냐 하면 육체의 건강도 매우 중요하지만 정신의 건강이 육체의 건강보다 더 중요하다는 것을 말씀드리는 것입니다. 그리고 또 한 가지 건강은 여기 서 계신 신랑과 신부님이 평생 가꾸고 이루어나가야 할 건강으로 사회에 봉사하고 세상에 공헌하는 그런 아름다운 건강이라고 생각합니다. 평생 꼭 기억하시어 호주머니에서 손수건 꺼내듯 가끔 꺼내어 보시기 바랍니다.

끝으로 결혼은 인생의 꽃이라고 생각을 합니다. 꽃이 피면 열매를 맺는 법이지요. 이것이 자연의 순리이고 종의 법칙입니다. 두 분 앞날에 아주 귀여운 아들 딸 적당히 많이 두셔서 가화만사성 하시기를 빌면서 이만 간단히 주례사에 갈음하고자 합니다. 대단히 감사합니다.

주례사 2

결혼은 두 사람이 꾸미는 아름다움

지금은 꽃피고 제비가 강남에서 돌아와 집을 짓는 아주 좋은 계절입니다. 이런 좋은 계절 좋은 날 중에 좋은 날을 택하여 화촉을 밝히는 신랑과 신부 그리고 혼주댁 양가에 진심으로 축하의 말씀 올립니다. 아울러 공사다망하심에도 만사 제쳐두고 이 결혼을 축복하여 주시기 위하여 자리를 빛내주신 하객 여러분께 혼주댁을 대신하여 깊은 감사의 뜻 표합니다.

오늘 이 자리에서 사랑에 꽃으로 맺은 열매인 결혼을 하시는 두 분은 명문가의 가정에서 태어나 훌륭한 사회교육과 그보다 더 훌륭한 가정교육을 받고 자라 지와 덕이 몸에 밴 훌륭한 인재들인 바, 이 주례가 얼마나 좋은 말을 해야 보탬이 되겠습니까만 우리가 좋은 책을 보면 본문이 있고 또 부록이 있는 것을 봅니다. 본문이 있고 부록이 있는 것은 부록도 필요하기 때문에 부록이 있는 것입니다. 제가 지금 이 자리에서 하는 말은 부록 정도로 생각하고 들어주시면 감사하겠습니다.

저는 얼마 전에 결혼은 둘의 미학이라는 광고를 본 일이 있습니다. 그렇습니다. 결혼은 둘의 미학이지요. 두 사람이 평생 동안 아름다운 한 폭의 그림을 그려 훌륭한 가정이라는 예술품을 만들어 후손에게 가보로 전해주어야 하는 것이지요. 아름다운 한 폭의 그림을 그리려면 우선 평생이라는 시간의 화폭이 있어야 하겠지요. 그 시간의 화폭 한가운데 사랑이라는 꽃방석을 그리고 그 위에다 평생 두 분이 서로가 서로를 항상 이해하고 서로가 서로를 최고로 알고 서로가 서로를 항상 감싸 안아주어야 할 것이며 서로가 서로를 감사해 하면서 살아가는 그림을 그려야 할 것입니다. 또 어떠한 일이 있더라도 두 분은 항상 떨어지지 않고 꼭 껴안고 있는 그림을 그려야 할 것입니다. 그 위쪽에 구도를 맞추어 양가 부모님께 효도하고 어른께 공경하는 그림을 그려야 할 것입니다. 그리고 양 옆의 빈 화면 가득 형제 친척과 우애를 돈독히 하는 그림을 그려야 할 것입니다. 그러면 아래쪽이 비어 있지요. 그 빈 아래쪽에 구도를 잘 맞추어서 곱고 훌륭한 자녀를 낳아 기르고 가르치는 그림을 그려 넣어야 할 것입니다. 그러면 훌륭한 한 폭의 가정이라는 예술품이 그려지겠지요. 이 훌륭한 예술품을 잘 보관을 해서 자손만대에 물려주어야 하는데 그러려면 표구를 해야 하겠지요. 표구는 사회에 봉사하고 세상에 공헌하는 좋은 향내가 나는 나무로 표구를 하시기 바랍니다. 그 향이 온 세상에 퍼져나가 행복을 가득가득 담아다 줄 것입니다.

그러려면 건강이 함께해야 하겠지요. 두 분 한 가지 정도의 취미 생활이나 스포츠 생활을 함께 하는 것도 좋으리라고 생각합니다. 그리고 마릴린먼로는 잠자리에 들 때 향수 한 방울의 잠옷을 입고 잠자리에 들었다고 합니다. 두 분도 마릴린먼로가 평생 입고 지냈다는 향수 한 방울의 잠옷을 입고 평생 한 방, 한 이불이나 한 침대를 쓰신다면 건강과 사랑은 두 분과 평생을 함께 해주리라고 나는 믿으며 말씀을 드립니다.

끝으로 두 분 항상 오복이 넘쳐흐르는 가정 꾸미시어 평생 행복하시길 빌며 이만 간단히 주례사에 갈음하고자 합니다.

대단히 감사합니다.

달항아리 같은 명품의 가정을

오늘은 날이 무척 포근합니다. 봄이 문을 열고 있는 이 좋은 계절, 황도길일을 택하여 화촉지전을 마련하신 혼주댁과 신랑 신부에게 첫째로 깊은 축하의 말씀 드립니다. 다음으로 오늘 황금 같은 휴일임에도 만사 제쳐 두시고 이 결혼을 축복하여 주시기 위하여 자리를 함께하여 주신 하객 여러분께 심심한 감사의 말씀 드립니다. 오늘 이 자리에서 평생을 함께 살자고 굳은 약속을 하고 결혼의 의식을 치르고 있는 신랑과 신부에게 이 주례는 결혼을 진심으로 축하하는 말 몇 마디를 주례사로 할까 합니다.

나는 얼마 전 텔레비전에서 우리나라 최고의 도예가가 달항아리를 만드는 모습을 보여주는 것을 시청하였습니다. 나는 평소 저처럼 아름다운, 품격이 높은 달항아리를 만들 때, 입이 적은 저 항아리를 만들 때 속을 어떻게 파내는가가 항상 궁금하였습니다. 그런데 텔레비전을 보면서 그 궁금증이 사라졌습니다. 그 도예가는 달항아리의 아래쪽이 될 반쪽 부분과 위쪽이 될 반쪽 부분을 따로따로 만들어서 적당히 성숙된 뒤에 위쪽 부분과 아래쪽 부분을 붙여서 하나로 만들고 그 자리를 잘 다듬어 흔적을 남지 않게 하고 유약을 바르고 높은 온도에 구워내어 명품의 달항아리를 만들어 내는 것을 보았습니다.

그 달항아리의 아름다운 자태와 은은한 빛깔, 그 우아한 품격 속에는, 비어있는 그 항아리의 공간 속에는, 그 도공의 정성과 땀과 그리고 그 도공이 꿈꾸었던 아름다운 꿈과 그 도공이 꿈으로 불러 넣은 만월의 달빛이 가득 차 있으리라고 생각을 하였습니다.

여기 서 계신 신랑과 신부는 달항아리의 처음처럼 잘 성장한 각각의 두 분이 한 몸이 되어서 달항아리 같은 아름답고 우아한 하나의 가정이 되는 것입니다. 신랑은 달항아리의 아래 부분이 되어서 항상 신부를 위쪽에 얹어놓고 받들어 주어야 할 것이며 신부 역시 신랑이 위쪽 부분이라 생각하고 신부 자신은 아래쪽이 되어서 항상 신랑을 받들어 모셔야 할 것입니다. 두 분 서로가 서로를 없어서는 안될 분으로 항상 생각하고 서로가 서로를 내 몸처럼 아끼고 최고로 생각하고 서로가 서로의 마음을 항상 헤아려서 보듬어 감싸 안아주실 것을 부탁드립니다.

또한 가정을 위해서 도공처럼 많은 정성과 땀을 쏟아부어야 할 것이며 아름다운 꿈과 행복한 빛깔로 색칠을 하여 달항아리 같은 아주 품격 높은 명품의 가정을 만들어 주실 것을 말씀드립니다.

이렇게 품격 있는 달항아리 같은 명품의 가정을 만들려면 부모님께 효도 역시 은은하면서도 품격 있는 효도를 하여야 하리라고 생각합니다. 항상 조심스럽고 정성을 아끼지 않는 섬김을 하여서 자녀들이 본받아 아주 아름다운 달항아리 같은 가정을 꾸미어 자손만대에 길이길이 빛나는 가풍을 이루시고 가보로 남겨주시길 바랍니다. 이 고귀하고 품격 있는 가정에 매일매일 행복이 찾아와 그 행복이 항상 함께하길 바라며, 기원하면서 이만 간단히 주례사에 갈음하고자 합니다.

　대단히 감사합니다.

주례사 4

부부라는 이름표

오늘 이 아름다운 예식의 전당에서 아주 잘생긴 신부와 신랑의 주례를 서게 됨을 무한한 영광으로 생각합니다. 신랑의 아버지와 저는 한 직장에서 함께 근무하는 사이입니다. 나는 평소 신랑 아버지의 고귀한 성격과 덕망을 항상 존중해 왔는데, 오늘 이런 경사스러운 자리를 마련하게 되었다고 저에게 주례를 부탁하여서, 부족한 인생을 살아왔지만 축하의 말 한 마디쯤 해주는 것도 좋으리라 생각하고 이 영광스러운 자리에 서게 되었습니다. 신랑과 신부는 물론이고 혼주댁 양가와 여기 오신 하객 여러분들 오늘 하루가 아주 복된 날이 되시기를 바랍니다.

신랑은 ○○ 학교를 아주 우수하게 졸업하고 지금은 우리나라 굴지의 기업인 ○○사에서 열심히 근무하고 있는 앞날이 촉망받는 인재이며 신부 역시 ○○ 학교를 우수하게 졸업하고 가정에서 현모양처의 수업을 부모님에게서 교육받은 요즈음 보기 드문 인재로 알고 있습니다.

이런 두 분이 오늘 이 자리에서 결혼을 하고 이제 부

부라는 이름표를 달고 이 세상에 새로운 발길로 힘찬 출발을 합니다. 부부라는 이름표는 한 번 달면 평생을 달고 있어야 하는 이름표입니다. 밤이나 낮이나 십 년이 가고 백 년이 가도 아니 천 년이 가도 살아서나 죽어서나 항상 달고 있어야 하는 것이 바로 부부라는 이름표인 것입니다.

무슨 일이 있든지 절대로 떼어내면 안 된다는 것이 바로 부부라는 이름표인 것입니다.

오늘 이 부부라는 이름표를 달고 새 출발을 하는 두 분의 앞날은 경부고속도로보다 더 탄탄하고 넓고 곧은 행복의 길이 평생 동안 펼쳐지고, 그 길에는 꽃들이 만발하고 향기가 가득하리라 믿습니다만, 그러나 사람 일은 알 수 없는 것이 인생사인 것입니다.

가다 보면 다리를 건너야 하는데 다리가 보수 중이라면 길을 돌아가야 할 때도 더러는 있을 수 있을 것이며 혹은 비탈진 고개를 넘어가야 하는 어려움을 당할 때도 있을 수 있을 것입니다. 예보에 없는 폭설이 내려 빙판길을 서행으로 가야 할 때도 있을 수 있으리란 생각을 해야 할 것입니다. 좋은 길을 함께 갈 때도 물론이지만 이런 어려운 길을 만나더라도 두 분은 항상 부부라는 이름표를 잊지 말고 서로 이마에 흐르는 땀을 닦아주시고 서로 격려하며 함께 고난의 길을 넘으면 행복의 향기가 더 가득한 길이 두 분의 앞날에 펼쳐지리라고 저는 말씀을 해 드리고 싶습니다.

　두 분 몸도 마음도 항상 건강하시고 두 분의 가정에 항상 행복이 가득하시길 바랍니다. 그리고 오늘 이 자리에 함께하여 주신 모든 분들과 그 가정에 행운이 함께하길 기원하면서 이만 간단히 주례사에 갈음할까 합니다.
　대단히 감사합니다.

주례사 5

두꺼운 솜이불 같은

지금 밖에는 하얀 눈이 쌓여서 마치 설국에 온 것 같은 느낌이 듭니다. 눈이 오면 기분도 좋지만 눈은 복을 듬뿍 안겨줄 것 같은 생각이 들기도 합니다. 이런 복된 날을 하느님도 알고 만들어주신 것 같은 오늘 좋은 날을 택하여 화촉을 밝히는 신랑과 신부 그리고, 신랑과 신부를 낳아주시고 길러서 오늘 이 복된 자리를 마련하신 양가 부모님께 진심으로 축하의 말씀 올립니다. 오늘 날씨도 상당히 춥고 눈 길 또한 오시기 불편하셨을 것임에도 이렇게 많이 오셔서 자리를 빛내 주신 하객 여러분께도 깊은 감사의 뜻 표합니다.

이처럼 많은 축하객들을 모신 자리에서 두 분 서로 사랑을 약속하는 혼인서약을 하고 이 주례가 성혼을 선언하는 성혼선언문을 낭독하였습니다. 이로써 이 세상에 또 하나의 새로운 가정이 태어났습니다. 이 가정이라는 것은 두꺼운 솜이불처럼 포근해야 하는 것이 가정이라고 나는 생각을 합니다. 이 두꺼운 솜이불 한 채를 만들기 위해서 농부는 이른 봄에 목화씨앗을 밭에 뿌리고 많은 정성과 많은 땀과 많은 노력을 하고 많은 좋은 날은 물론이지만 또 많은 비바람 치는 날을 그 목화 가꾸기에 바쳐서 비로소 목화꽃을 보게 되고 거기에 목화가 피고 목화를 수확하여 농부는 더 많은 노력과 땀을 흘리고 더 많은 정성을 기울여 비로소 두꺼운 솜이불 한 채를 마련하게 되는 것입니다.

여기 서 계신 신랑과 신부는 이제 가정이라는 포근한, 두꺼운 솜이불 한 채를 마련하기 위해서 농부처럼 단단한 사랑의 씨앗을 깊이깊이 심으시고, 그 씨앗이 싹이 터 자라기 시작하면 농부가 거름을 주듯 부모님께 효도를 하시고, 목화나무가 바람에 쓰러지지 않게 농부가 흙을 북돋워주듯 형제자매, 친척, 그리고 이웃과 우애를 돈독히 해야 할 것입니다. 농부가 목화를 가꾸듯, 또 농부가 목화를 수확하여 두꺼운 솜이불을 만들듯 포근한 가정을 만들기 위해서 많은 정성과 많은 땀을 흘려야 할 것입니다.

농부가 농사에 전념하지 않고 밤마다 술이나 마시러 다닌다거나 또는 도박판에 빠져서 농사를 소홀하게 한다거나 건강을 돌보지 않아서 농부가 아파 누워 있다면 농사는 또한 폐농을 하고 말 것입니다. 신랑과 신부 두 분 다 이 농부처럼 가정에 소홀함이 없도록 해야 하리라고 생각합니다.

목화꽃이 피어 그 향기가 온 세상에 퍼져나가듯 두 분 항상 세상에 공헌하시고 온 세상에 봉사하는 향기로운 일 많이 한다면 그 향기를 맡고 벌·나비가 떼지어 찾아 들듯 두 분의 가정에 행운과 행복의 벌·나비가 훨훨 날개 치며 떼지어 찾아와 가정에 만복이 가득가득 쌓이리라 믿으며 또한 그러길 기원하면서 이만 간단히 주례사에 갈음하고자 합니다.

　대단히 감사합니다.

주례사 6

꽃길이 평생 펼쳐지기를

나는 오늘 이 아름다운 예식장을 오면서 꽃들이 만발하고 아름답게 생긴 나무들이 서로 잘 조화를 이룬 길을 걸어왔습니다. 오면서 나는 이런 생각을 하였습니다.

오늘 결혼을 하시는 두 분의 앞날에 이 길처럼 아름다운 길이 평생 펼쳐졌으면 좋겠다. 하는 생각을 하면서 걸어왔습니다. 또 두 분의 앞날이 평생 동안 꽃향기 가득한 길이 되었으면 좋겠다는 생각을 하였습니다. 그리고 그리길 기원하면서 걸어왔습니다. 그런데 그 길을 걸어오면서 그처럼 아름다운 길이 자연스럽게 생긴 길은 아니라는 것을 생각하였습니다. 사람이 꽃나무와 모양이 좋은 나무를 심고 가꾸어서 그리도 아름다운 길이 이루어졌다는 것을 다시 한번 보면서 생각하면서 걸어왔습니다.

두 분의 앞날 역시 그런 길이 펼쳐지리라 생각하지만 가만있어도 그런 아름다운 길이 이루어지리라고는 생각하지 않습니다. 두 분이 힘을 합하여 크고 작은 사랑의 꽃나무를 심고, 꿈과 희망의 꽃나무를 심고, 노력과 최선이라는 거름을 하면서 잘 가꾸어나가야 그런 아름답고 향기로운 길이 형성되리라 생각을 합니다. 아름다운 마음의 가지를 기르기 위해서 좋지 못한 마음의 웃자란 가지는 잘라내기를 하여야 할 것입니다. 가을에 열매를 잘 맺을 수 있는 꽃눈을 가진 가지는 잘 다듬어 가꾸어야 할 것입니다.

꽃이 떨어지면 기다리는 인내를 감수해야 할 것입니다. 그러면 꽃 진 자리 열매가 맺히고 그 열매가 익어 잘 익은 열매를 수확할 수 있으리라 생각을 하면서 두 분 이런 길을 만들어 주실 것을 부탁드립니다.

그 길을 갈 때 그 길은 두 분만이 걸어가는 선택의 길이 아니라는 것도 알아주시기 바랍니다. 부모님과 형제자매, 친척들 그리고 이웃과 생전 모르는 사람들도 함께 가는 필연의 길이라는 것을 잊으시면 안 될 것입니다. 우리 누구에게나 주어진 이것은 선택이 아니고 필연인 것입니다. 신부의 부모님이 다리 아파하시면 신부보다 신랑이 먼저 등을 내어드려야 할 것이며 신랑의 부모님이 다리 아파하시면 신랑보다 신부가 먼저 등을 내어드려야 할 것입니다. 그러면 사랑받는 사위 사랑받는 며느님이 되리라 생각합니다. 시장기가 드는 것 같으면 음식과 물을 대접해 드리고 얼굴에 웃음이 사라지시면 미소를 찾아드려야 할 것입니다. 가다 보면 아무리 꽃길이라 하여도 그

길에는 야채를 파는 할머니가 앉아계실 수도 있을 것이
며 신문지 깔고 앉아 동전 한 닢을 구걸하시는 분이 있
을 수도 있을 것입니다. 그 분들을 못 본 척 지나치지
않고 살펴보고 길을 함께 가는 그런 마음씨 고운 부부가
되어주실 것을 말씀드리고 싶습니다. 또 이 길이 아무리
꽃이 아름답고 향기로운 길이라 해도 건강해야지만 행복
의 길로 갈 수 있다는 것을 유념해 주시길 바랍니다.
바로 이렇게 남을 돌아보며 몸도 마음도 건강하게 길을
걷는다면 두 분의 가정에도 더 큰 행복이 항상 함께 하
리라 생각을 합니다.

오늘 꽃놀이라도 가고 싶은 이런 좋은 날 만사 제쳐두
시고 이 결혼을 축하하여 주시기 위하여 자리를 빛내주
신 하객 여러분, 그리고 혼주댁 양가 이 결혼을 위하여
협조를 하고 계시는 모든 분들 아름답고 도 아름다운 날
이 되기를 기원하면서 이만 간단히 주례사에 갈음하고자
합니다.
대단히 감사합니다.

주례사 7

부부란 함께 밥을 먹고
한 이불 속에서 잠자는 것

　지금은 아름답고 향기로운 꽃과 싱그러운 초록의 녹음
이 잘 어우러진 아름다운 계절 오월입니다. 이 아름다운
계절 좋은 날 중에 좋은 날을 택하여 화촉을 밝히는 신
랑과 신부, 그리고 혼주댁 양가에 진심으로 축하의 말씀
드립니다. 아울러 날씨 화창한 휴일임에도 만사 제쳐두
고 이 결혼을 축복하여 주시기 위하여 자리를 빛내주신
하객 여러분께 혼주댁을 대신하여 깊은 감사의 뜻 전합
니다.

　오늘 신랑과 신부님 여기서 여러 하객들을 모시고 서로
사랑을 다짐하는 혼인 서약을 하고 또 제가 주례라는 이
름으로 성혼선언문을 낭독해 드렸습니다. 이로서 이 세상
에 또 하나의 부부가 탄생을 하였습니다. 부부라는 것은
한 상에서 함께 밥을 먹고 함께 한 이불을 덮고 잠을 자
는 것, 이것이 바로 부부라는 언어의 기본입니다. 그런데
간혹 이 기본을 저버려서 행복에서 조금씩 멀어지는 분

들이 우리 주위에는 있습니다. 직장 때문에 아이들 교육 때문에 그런 일이 많이 있습니다만 될 수 있는 한 평생을 한 상에서 밥을 함께 먹고 한 이불속에서 함께 잠을 자는 것, 이 기본을 절대 잊지 말아 주실 것을 부탁드립니다. 그리고 주례로서 꼭 그 기본은 지켜주실 것을 부탁드립니다. 그러면 두 분께 행복은 평생을 함께 할 것이라고 저는 확신에 말을 하여 드립니다. 꼭 그렇게 하여 주실 수 있으시지요.

다음은 부부의 호칭에 대하여 한 말씀 드리겠습니다. 요사이 젊은 사람들 보면 신랑을 오빠라고 하거나 아빠라고 하는 분들이 가끔 있는데 이 말은 정말 말도 안 되는 말이며 욕도 이런 욕은 없을 것입니다. 물론 여기 서 있는 두 분은 그러지 않으리라 믿지만 혹시나 하는 마음에서 말씀드리는 것입니다. 부부간에 호칭은 여보나 당신이나 이런 좋은 말들이 있으니 사용하시면 될 것입니다. 그리고 집안 풍습에 따라 지방이나 가문의 풍습에 따라 다른 호칭을 쓰기도 할 것입니다. 신랑과 신부가 신혼여행에서 돌아오면 첫날 부모님께서는 호칭을 어떻게 부르라고 얘기를 해주시는 것이 아주 좋을 것이라 생각하며 부모님께 그렇게 해주시라고 말씀을 드리고 싶습니다.

다음은 효도에 대하여 한 말씀 드리겠습니다. 효도는 부모님을 위해서 하는 것이라기보다는 나 자신을 위해서 하는 것이라 생각을 해 주십시오. 내 마음이 편해지라고 효도를 한다고 한 번 생각을 하여 보면 부담 없이 내 마음 편히 부모님께 잘해 드려서 효자효부라는 칭송을 듣게 될 것입니다. 그리고 내 자식들에게 본보기가 되어서 나중에 불효를 하지 않는 자녀들이 될 것입니다. 그것이 또한 내 자신을 위한 효도라고 생각을 하여 보면 좋으리란 생각을 하면서 두 분께 부담 없는 마음 편한 효도를 하라고 권합니다.

건강이나 봉사도 부담 없이 즐겁게 하는 방법을 택하는 것이 좋으리란 생각을 하면서 이 부분 역시 부담 없이 할 수 있는 자연스러운 건강법과 봉사정신도 몸에 배도록 평소에 습관을 길들여주실 것을 아울러 부탁드립니다. 그 덕으로 인하여 온 세상 사람들이 두 분의 가정을 칭송하며 두 분의 가정을 본받고 싶어 하고 두 분의 가정을 흠모하며 귀감으로 삼고 싶어 하는 그런 아름다운 가정 꾸미어 평생 행복과 행운이 가득가득 쌓이기를 기원하면서 이만 간단히 주례사에 갈음합니다. 대단히 감사합니다. ※ [이 부분은 다음에 중복되어 있음]

외국인과 결혼하는 예식의 주례사 I

신랑에게 부탁을 한 가지 드립니다. 내가 신부 나라의 말을 할 줄 모릅니다. 신랑이 잘 들어두었다가 내가 한 말을 신부에게 잘 설명해 주시기 바랍니다.

장미꽃 향기가 사랑을 붉게 물들이는 이런 아름다운 날, 오늘 이 자리에서 백년해로 언약을 하시는 신부 ○○○ 양은 먼 이국땅 ○○○ 나라에서 온 규수입니다. 두 분은 생활방식이 다르고, 문화가 다르고, 식습관이 다르고, 가정환경, 언어가 너무나 많이 다름에도 이 모든 것들을 사랑 하나로 이기고 오늘 결혼식을 올립니다. 그리고 신랑 한 사람을 믿고 모든 것이 낯선 이곳으로 시집을 오는 것입니다. 신랑은 이런 점 깊이 헤아려 항상 만반의 배려를 해야 할 것입니다.

신랑이 우선 신부에게 해 드려야 할 것은 따뜻한 마음으로 항상 신부를 도닥거려 줄 것을 부탁드립니다.
우리 생활과 가정 그리고 가족 간에 빨리 적응할 수

있도록 우리의 언어와 글을 최대한 빨리 깨우칠 수 있도록 심혈을 기울여 주어야 할 것입니다. 그리고 우리의 생활과 풍습을 빨리 익히도록 도와주어야 할 것입니다.

또 한편으로는 신부가 살아온 나라의 풍습을 이해해 주시고 존경해 주어야 하리라고 생각을 합니다.

신부 역시 어려운 일이지만 이 나라에 와서 지금 신랑과 함께 살기로 언약을 굳게 한 이상 이를 악물고 이 나라의 언어와 글을 빨리 익히도록 노력하시고 이 나라의 풍습과 음식문화에 길을 들여야 하리라고 생각을 하며 말씀드리고 싶습니다.

신랑은 외국에 계신 처갓집이 거리가 멀고 비용이 많이 들어 자주 가지는 못할 것이나 전화나 편지 자주 하셔서 신부가 잘 살고 있다는 것을 신부의 부모님에게 알려드려야 할 것입니다. 지금은 세상이 좋아서 전화로 얼굴을 보면서 이야기할 수 있는 화상전화를 해도 될 것이며 인터넷으로 서로 소식을 주고 받아도 될 것입니다. 먼 이국 땅에 사랑하는 딸을 보내 놓고 노심초사하고 있을 신부의 부모님에게 효도하는 길이 될 것입니다.

신부 역시 시부모님을 나를 낳아주신 고향에 부모로 생각하시고 따뜻한 마음으로 서로 정을 쏟아붓도록 하여야 하리라고 생각합니다.

그리고 부모님께서는 멀리서 온 며느님을 지극정성으로 가르쳐서 우리의 생활에 속히 익숙해지도록 해주시고 딸처럼 생각하시어서 항상 따뜻하게 해 주실 것을 부탁드립니다.

신부와 신랑 사이에서 아이를 낳으면 그 아이에게는 신부는 신부 나라의 말을, 신랑은 신랑의 모국어를 평소에 사용해서 아이를 기르십시오. 그 아이는 두 나라의 언어를 자연스럽게 익혀서 다음에 아주 훌륭한 인재가 될 것입니다. 이런 점이 두 분에게 장점으로 주어지는 복이라는 것도 함께 말씀드립니다.

아울러 이 자리에 참석하신 하객 여러분들께서도 항상 관심 깊이 지켜보아 주시면서 많은 격려와 칭찬으로 가르침의 베풂을 선사하여 주실 것을 부탁드립니다.

오늘 결혼을 하시는 두 분이 꾸미는 가정에 행복과 행운이 가득하시길 기원드리면서 이만 간단히 주례사에 갈음합니다.

대단히 감사합니다.

※ [외국어를 할 수 있다면 함께 하는 것이 좋으리란 생각을 하지만 여러 가지 여건에 맞추어야 할 것입니다.]

바보가 되십시오, 똑똑이가 되십시오

오늘 비가 온다는 일기예보에 이런 좋은 날 비가 오면 어쩌나 하고 밤새 걱정을 하였습니다. 그런데 다행히 비가 오지 않고 이렇게 날씨가 좋아 하늘도 오늘 이 결혼을 축하하여 주는 것 같습니다.

우선 결혼을 하시는 신랑과 신부 그리고 혼주댁에 축하의 오색 테이프 두른 말씀을 드립니다. 또 하객 여러분들께서는 나들이라도 가고 싶은, 아니면 골프라도 치러 가고 싶은 이런 좋은 날, 모든 일을 뒤로 미루시고 이 아름다운 결혼식에 참석하셨음에 오늘 하루 정말 행복한 날이 되시기를 빕니다.

효도에 있어서 나는 이런 생각을 합니다. 효도는 불효를 안 하는 것이 효도를 하는 것이라고 생각합니다. 이보다 더 좋은 효도는 없다고 생각합니다.

건강 역시 건강하게 살려고 애를 쓰는 것보다는 건강을 해치지 않는 것에 관심을 갖는다면 이것이 바로 건강 지킴이가 될 것입니다.

나는 신랑과 신부에게 똑똑이가 되라고 말씀드리고 싶습니다. 그리고 바보가 되라고 또 말씀드립니다.

세상을 살아가려면 똑똑이가 되어야 하는 세상입니다. 신랑은 물론이지만 신부 역시 똑똑이가 되십시오. 세상길을 잘 헤쳐나가는 것이 바로 성공의 길이고 성공을 하려면 똑똑이가 되어야 하는 것은 당연한 이치일 것입니다.

그러나 집에 들면 바로 바보가 되십시오. 바보라고 해도 바보 중에는 여러 가지 바보가 있을 것입니다. 완전 바보와 조금 모자란 바보, 바보 흉내만 내는 바보 등등이 있겠지요. 완전 바보가 되라는 것은 아닙니다. 조금 모자란 바보가 되라는 것입니다. 신랑은 신부에게 바보가 되시고 신부는 신랑에게 바보가 되십시오, 그러면 행복의 신이 두 분의 가정을 찾아와 복을 듬뿍 쏟아줄 것입니다.

또 이런 바보도 있습니다. 바라보면 바라볼수록 보고 싶은 사람, 이런 바보가 되는 것도 좋으리라 생각합니다.

아무튼 신랑과 신부는 집에 들면 어떤 바보가 되든지 바보가 되실 것을 이 주례는 권하고 싶습니다.

끝으로 사회에 봉사하고 세상에 공헌하는 것은 두 분에게 복으로 되돌아오는 부메랑이 되리라는 생각도 말씀드리고 싶습니다.

세상 어느 누구보다 행복한 가정 꾸미시길 빌면서 이만 간단히 주례의 말을 마치겠습니다.

대단히 감사합니다.

비 익 조

지금은 가을입니다. 능금이 빨갛게 익어 주렁주렁 매달려있는 가을입니다. 지금 여기 서 있는 신랑과 신부도 이제 능금처럼 사랑이 익어 그 결실을 결혼으로 열매 맺는 가을입니다.

중국 숭오산에 가면 비익조라는 전설의 새가 산다고 합니다. 비익조라는 새는 태어날 때 수놈은 왼쪽 눈과 왼쪽 날개만을 암컷은 오른쪽 눈과 오른쪽 날개만을 가지고 태어난다고 합니다. 어른 새가 될 때까지 한쪽 눈과 한쪽 날개만을 가지고 자라서 짝짓기를 하면 수놈과 암놈이 비로소 한 몸이 되고 양쪽 눈과 양쪽 날개를 달고 창공을 훨훨 날아간다고 합니다.

오늘 여기 서 계신 신랑과 신부 역시 이 비익조처럼 지금까지 한쪽이 부족한 몸으로 살아왔다고 나는 생각합니다, 그 부족한 부분을 서로가 오늘 채워서 이제 완전한 한 몸이 되는 것입니다. 신랑은 신부가 보지 못하는 부분을 보는 눈이 되어야 할 것이며 신부는 신랑이 보지 못

하는 부분을 보는 눈이 되어야 할 것입니다. 그리고 신랑은 신부가 하지 못하는 일을 하여 삶에 날개 역할을 해주시고 신부는 신랑이 하지 못하는 역할을 하여서 서로 보완된 삶을 살아간다면 바로 이 부부는 행복의 창공을 훨훨 날아가는 비익조가 되리라 나는 생각을 합니다.

이 세상 모든 동식물은 부모라는 뿌리가 있는 것입니다. 부모가 없으면 이 세상에 지금 우리는 있을 수 없을 것입니다. 여기 서 계신 신랑과 신부 역시 마찬가지입니다. 이제 결혼을 하면 부모 곁을 떠나 독립된 생활을 하리라고 생각합니다. 그렇지 않을 수도 있겠습니다만, 부모님에게 항상 고마움을 표현하는 부부가 돼주실 것을 말씀드리고 싶습니다. 물론 내가 이런 말을 하는 것은 기우에 불과한 말입니다만, 표현하라는 말을 하기 위하여 이런 말을 드렸습니다. 마음은 가득하지만 우리는 표현을 잘 못하는 민족입니다, 저 역시 마찬가지입니다. 표현을 잘 못합니다. 그래서 두 분에게 더 간곡히 말씀을 드리는 것입니다.

이번에는 간단한 퀴즈 한 가지만 신랑 신부에게 물어보겠습니다. 물론 넌센스 퀴즈입니다. 신혼부부가 가장 좋아하는 곤충이 무슨 곤충인지 아십니까? 잘 모르겠다고요. 그럴 것입니다. 이 자리는 긴장되는 자리라서 평소에 알아도 생각이 잘 안 날 것입니다. 잠자리입니다. 그러면 중년의 부부가 제일 좋아해야 할 곤충은 무엇인지 아십니까? 모르겠다고요. 이것 역시 잠자리입니다. 그러면 노년의 부부가 가장 좋아해야 할 곤충은요? 그렇습니다. 역시 잠자리입니다. 여기 서 계신 신랑과 신부는 오늘 저녁부터 시작해서 중년이 되고 노년이 되어도 평생 잠자리는 함께 해야 한다는 것을 말씀드립니다. 낮에 혹시 두 분 조금 기분 나쁜 일이 있었더라도 그날 저녁 잠자리만큼은 꼭 함께, 한 이불속에서 해야 한다는 것을 말씀드립니다. 바로 평생 함께 한 이불속에서 잠자리를 해야 하는 것이 바로 부부라는 것을 알아주시기 바랍니다. 잠자리를 평생 함께하여야만 사랑과 건강과 행복이 평생을 함께하여 주리라 생각하면서 권고합니다.

비익조가 창공을 날아가며 세상을 내려다보듯 항상 세상의 그늘도 함께 살피시는 부부가 되시어 만인의 사랑을 받으시고 또 만인이 우러러보는, 온 세상이 흠모하는 그런 명품의 가정 꾸리어서 행복에 행복이 가득가득 쌓이기를 기원하면서 이만 간단히 주례사에 갈음하고자 합니다.

대단히 감사합니다.

나이 많이 먹은 신랑과 신부의 결혼식 주례사

녹음은 신이 주신 제일의 선물이라고 합니다. 이런 팔팔한 열정의 계절 8월, 좋은 날을 택하여 결혼식을 올리는 신랑과 신부 그리고 양가 혼주댁에 진심으로 축하의 말씀드립니다. 그리고 이 결혼을 진심으로 기뻐해 주실 양가 가족이나 가족 친지 여러분에게도 깊은 축하를 드립니다.

나는 오늘 이 결혼 주례를 부탁 받고 정말 많이 망설였습니다. 두 분은 만혼이라서 이 세상을 살아가는 깊이도, 남녀 간의 사랑의 깊이도 여기 서 있는 나보다 더 깊이 사색하고 경험하였을 수 있기 때문이라 생각했기 때문입니다. 그러나 나는 결론적으로 주례를 서 드리기로 승낙하였습니다. 주례는 결혼식을 진행하는 사람이고 또 두 분의 만혼을 많이많이 축하해 드리는 것이 좋은 일이라고 생각했기 때문입니다.

두 분은 지금까지 살아온 길을 되돌아보면 기쁨과 즐거

운 일이 많고 많았겠지만 그러나 슬픈 일이나 고통스러운 일도 없지는 않았으리라 생각을 합니다. 이런 것은 사람이 살다 보면 누구나 겪는 일이기 때문입니다. 이런 여러 가지 색깔의 날들을 뒤돌아봄을 교과서 삼아 고통과 슬픔의 날들은 강물에 띄워 보내고 기쁘고 좋았던 날들만, 아름다웠던 날들만 추려서 그 경험 노둣돌 놓아 앞날 세월의 강을 건너가시기 바랍니다.

　유명한 작가들은 대작을 인생의 중반을 넘어서 많이 남겼다고 합니다. 두 분 지금부터 결혼생활이란 대작을 쓰시기 바랍니다. 아름다운 결혼생활의 대작을 쓰시기 바랍니다.

　애정은 20대나 60대나 80대나 같다고 합니다. 지금은 과학이 아주 발달된 시대이니까 앞으로 나이 들어서 설령 육체적으로 부족함이 오더라도 발달된 의학의 힘을 빌린다면 100세가 되던 200세가 되던 아무런 문제 없이 즐겁게 부부가 금실 좋게 사실 수 있으리라 생각합니다. 그러나 무엇보다도 두 분이 서로가 서로를 이해하시고 진심으로 서로가 서로의 부족한 부분을 감싸주는 것, 이것이 두 분이 지녀 가야 할 사랑이라고 나는 생각을 합니다. 우리 한국 사람의 사랑은 사랑보다는 정이라고 나는 생각을 합니다, 사랑이 식으면 정으로 서로를 보듬어 안고 살아가실 것을 부탁드립니다,

아름다운 사랑을 하여 주시길 부탁합니다. 두 분 인생 백년해로 하신다면 이제 반 밖에 사시지 않으셨다는 것을 알고 남겨진 반생 행복에 행복을 덧칠하면서 매일매일을 아름다운 색실로 수놓아가길 바랍니다.

대단히 감사합니다.

※ [이 주례사는 신랑 신부 다 같이 60세의 결혼식에서 한 주례사입니다.]

제 2 장

인사말 모음

여기는 처음 시작할 때 쓰는 인사말을 썼습니다.
주례사 12번부터는 인사말은 생략하고 본문만
쓰기로 합니다. 인사말과 연결하여서 하시기 바
랍니다.

1. 만물이 소생하는 봄이 오고 있는 이런 좋은 때 길일 중에 길일을 택하여 화촉지전을 마련하신 신랑과 신부 그리고 혼주댁 양가에 진심으로 축하의 말씀드립니다.

2. 밖에는 꽃이 피고 새가 우는 봄이 찾아와 창문을 노크하는 이때

3. 지금 꽃들이 활짝 피어 그 향기를 온 세상에 나누어 주고 있는 이때

4. 온 세상에 꽃이 피고 제비가 처마 밑에 집을 짓는 좋은 계절에

5. 밖에는 제비가 축가를 불러주고 꽃들이 활짝 웃음을 터뜨리는 이때

6. 오늘은 어버이날 오늘 결혼을 하시는 두 분은 그 어느 누구보다도 더 큰 효도의 선물을 부모님께 드리고 있는 것입니다. 자식의 결혼보다 더 큰 즐거움이 부모에게는 없을 것입니다.

7. 오늘은 어버이날이고 [스승의 날이고] 일요일이고 ○○ 군과 ○○ 양의 결혼일입니다. 하늘에서 복이 저절로 쏟아질 것 같은 이런 좋은 날을 택하여 화촉을 밝히는

8. 녹음이 우거져 그 푸른 향기를 온 세상에 나누어주고 있는 이때

9. 밖에는 지금 비가 오고 있습니다. 푸른 나무들이 자라려면 많은 물이 필요하겠지요. 나무가 힘껏 자라는데 필요한 물을 비가 베풀고 있습니다. 이 베풂은 바로 복이 되어서 우리에게 돌아올 것입니다. 이런 복을 약속하는 날 화촉을 밝히는

10. 오늘 비가 온다고 하는 일기예보에 이런 좋은 날 비가 오면 어쩌나 하고 밤새도록 걱정을 하였는데 날씨가 좋아 하늘도 두 분의 결혼을 축하하여 주기 위하여 활짝 웃고 있는

11. 지금 화창한 봄볕이 따스하게 온 세상에 내리고 있는 이 좋은 봄날에

12. 나는 오늘 이 예식장에 오면서 시인 윤동주 선생님이 일찍이 보셨던 맑은 하늘을 보면서 왔습니다. 이처럼 좋은 계절 좋은 날에

13. 지금 밖에는 장미꽃이 만발하여 평생 사랑을 약속하는 두 분께 듬뿍 향기를 안겨주는 이때

14. 장미꽃이 만발하여 그 향기와 사랑의 꽃말을 온 세상에 나누어주고 있는 이 좋은 계절에

15. 온 세상이 장미꽃의 세상으로 변한 이때 그 붉고 정열적인 향기가 신랑과 신부의 사랑을 더 붉게 물들이는

16. 지금 들에는 모내기가 한창인 계절, 모도 시집을 가는 이런 아름다운 계절에

17. 신록이 꽃보다 좋다는 말이 떠오르는 날입니다.

18. 지금 밖에는 오곡백과가 익어가며 그 풍요로움과 넉넉함을 온 세상에 나누어 주고 있는 이때

19. 지금은 가을입니다. 능금이 빨갛게 익어 주렁주렁 매달려있는 가을입니다. 여기 서 있는 신랑과 신부 두 분의 사랑도 이 능금처럼 잘 익어

20. 오곡백과를 수확하여 갈무리하는 가을입니다. 넉넉하고 풍요로운 이런 계절 길일 중에 길일을 택하여 화촉을 밝히는

21. 오늘은 황도길일, 하늘과 땅이 함께 복을 준다는 날입니다.

22. 지금은 가을입니다. 오곡백과를 수확하여 곳간에 차곡차곡 저장하듯 사랑을 수확하여 결혼이라는 곳간에 저장하는

23. 오곡백과를 수확하여 갈무리해 놓고 한가하게 쉬는 아주 넉넉한 계절 좋은 날 중에서도 좋은 날을 택하여

24. 지금은 밤이 낮보다 긴 계절입니다. 결혼생활을 하기에 최적의 계절입니다. 이런 좋은 계절에 결혼을 하는 신랑과 신부는

25. 오늘 햇살이 무척 화사하고 따스한 날입니다. 마치 겨울답지 않은 포근한 날입니다.

26. 날씨는 춥습니다만 태양이 찬란히 비춰 주는 날입니다. 마치 오늘 결혼을 하는 신랑 신부를 반짝이게 해주는 것 같은 날입니다.

27. 오늘이 길일 중에 길일인가 봅니다. 오늘 이 예식장에서도 많은 쌍이 결혼을 합니다. 많은 분들이 결혼을 하는 것을 보니 오늘이 길일 중에 길일이라 생각이 듭니다. 이런 좋은 날을 택하여 결혼식을 올리는 신랑과 신부에게 좋은 일만 가득하리라 생각합니다.

28. 지금 밖에는 눈이 내리고 있습니다. 마치 하늘에서 복을 쏟아주듯이 이런 복스러운 날 결혼을 하는 신랑과 신부에게 우선 깊은 축하를 드립니다.

29. 눈이 오다가 지금은 언제 그랬느냐는듯이 시침을 뚝 떼고 하늘은 맑고 푸릅니다. 마치 하늘이 신랑과 신부에게 재롱을 떠는듯 이런 귀여운 날

30. 올해는 입춘이 두 번 든 해입니다. 입춘이 두 번 든 해 결혼을 하면 평생 행복하게 잘 산다는 말이 있습니다. 이런 좋은 해 좋은 날 결혼을 하는 신랑과 신부는 평생 행복을 보장받을 것 같은 이런 좋은 날을 택하여,

31. 이제 겨울이 가고 봄이 오려고 기지개를 켜는 새벽 같은 이런 좋은 때

32. 오월은 가정의 달이라고 합니다. 결혼은 가정의 행사 중에서도 제일 큰 경사라고 생각을 합니다. 오늘 가정의 달에 결혼식을 올리는

33. 오늘 이 아름다운 예식장에 서기까지 낳아서 길러주신 양가 부모님과 음으로 양으로 돌보아주신 친척과 하객들을 모시고 결혼을 하는 신랑 신부, 지금 이 자리를 빛내 주시고 계시는 하객 여러분 모든 분들께 축하를 드리며,

34. 5월 21일은 부부의 날이라고 합니다. 둘이 하나가 된다는 이런 날 결혼을 하는 두 분,

35. 겨울은 사랑하기 좋은 계절입니다.

36. 오늘 황도길일을 택하여 화촉을 밝히는,

37. 이렇게 아름다운 예식장에서 잘생긴 신랑 신부의 주례를 보게 된 것을 영광으로 생각합니다.

38. 만물이 햇살 환한 웃음을 웃으며 새로운 노래를 시작하는

39. 제가 이 자리에 서게 된 것은 신랑 ○○ 군과 인연 때문에 이 영광된 자리에 서기는 했습니다만, 내가 과연 모범적인 가정을 꾸미고 사는가 생각해 보면 꼭 그런 것은 아니지만 그러나 그러기에 내가 평소 이렇게 했더라면 하는 말 몇 마디쯤 신랑과 신부에게 해주는 것도 좋겠다는 생각이 들어서 이 자리에 서게 되었습니다.

제 3 장

주례사 66선

여기서부터는 본문만 적습니다.
앞의 인사말과 연결하여 쓰시기 바랍니다.

부부는 신발 한 켤레

오늘 일 년 중에 제일 좋은 길일을 택하여 평생에 제일 좋은 날을 만드는 신랑과 신부 그리고 하객 여러분께 진심으로 축하의 말씀 드립니다.

옛날부터 부부를 신발 한 켤레에 비유하곤 하였습니다. 오늘 여기 서 계신 신랑과 신부에게 나 역시 신발 한 켤레에 비유하여 몇 말씀 드리겠습니다.

우리가 신는 신발은 반드시 한 켤레가 있어야 제구실을 할 수 있는 것입니다. 한쪽이 먼저 찢어지거나 한쪽을 잃어버리면 나머지 한쪽도 쓸모가 없게 되는 것이 신발입니다. 부부 역시 신발과 마찬가지로 한 편이 없으면 그땐 남아있는 한 편도 못쓰게 되는 것이 마치 신발과 꼭같은 것입니다.

신발에는 여러 가지 신발이 있습니다. 우리가 잘 아는 구두, 고무신, 꽃신, 짚신, 나막신, 그리고 노래에 나오는 유리 구두 등등, 많은 신이 있습니다. 고무신은 얼마 안 신어 빨리 떨어지고 마는 수명이 짧은 신입니다. 구두는 조금 더 오래 신을 수 있지만 그래도 구두 역시 많아야 이삼 년 신으면 닳아서 못 쓰게 되지요. 노래에 나오는 유리 구두는 아름답기는 하지만 잘 못하면 깨지기 쉽습니다. 나는 이런 신이 아닌 평생 떨어지지 않고 평생 깨지지 않는 신발 한 켤레 같은 부부가 되기를 권합니다. 우리나라 제일의 기업인 포스코에서 생산한 두꺼운 스텐강판으로 신발 한 켤레를 만들어 신는다면 그 신발은 백 년이 가고 천년이 가도, 평생 깨지지 않고 부서지지 않고 안으로도 겉으로도 녹슬지 않을 것입니다. 이런 반짝반짝 빛나는 신발 같은 부부가 되어서 젖은 길이나 마른 길이나 평생을 함께 나란히 걸어가실 것을 말씀드립니다.

효도 역시 이런 신발 한 켤레가 댓돌에 가지런히 놓여 있다고 생각을 하고 그 신발이 부모의 신발이라 여기고 바라보며 공손히 대하듯, 그런 깨끗하고 정갈한 효도를 해주시면 좋겠다고 나는 생각을 하며 두 분께 말씀을 드리고 싶습니다.

건강 역시 두꺼운 스텐강판으로 만든 신처럼 평생 깨지지 않는, 평생 안으로나 밖으로나 녹슬지 않는, 그런 건강을 지켜주실 것을 부탁합니다. 그러려면 항상 깨끗이 닦고 관리를 잘 하여야 할 것입니다. 젊어서부터 건강관리를 잘 하여야 한다는 것을 말씀드립니다.

※ [이 주례사는 혼주댁이 혼자 앉아계시면 사용하지 않는 것이 좋을 것입니다.]

가장 평범한 것이 가장 위대한 것

오늘은 마치 신이 마술을 하는 것 같습니다. 화사한 봄날을 비단 보자기처럼 펼쳐서 거기에서 만발한 꽃나무들을 수도 없이 꺼내는 이런 아름다운 날 결혼을 하시는 신랑과 신부에게 큰 축하의 박수를 드립니다.

세상에서 가장 평범한 것이 가장 위대한 것이라고 나는 생각을 합니다. 가정, 결혼, 사랑, 효도, 건강 등등 그런 단어들이 가장 평범하면서 가장 위대한 단어들이 아닌가 생각을 합니다.

구체적으로 말씀드리자면 효란 가장 평범하면서 가장 위대한 언어입니다. 효는 옛 성현들이 말씀하시기를 큰 나무 밑에 쉬어가는 것 같이 하라고 했습니다. 나무에 상처 주지 않고 쉬었다 힘내어 다시 걸어가면 그것을 보는 나무는 흐뭇해할 것입니다. 부모의 마음 역시 이 나무와 같을 것입니다.

가정, 사랑, 역시 가장 평범하면서 가장 위대한 단어가 아닌가 하는 생각이 듭니다.

두 분 항상 행복한 가정을 꾸리기 위해서 노력해야 할

것입니다. 작은 일이라도 서로가 서로를 칭찬해주고 작은 허물이라도 들추어내지 말 것, 좋은 일은 서로가 함께 나누어 가지는 것 등이 좋은 가정을 꾸리는 가장 가까운 지름길이 아닌가 하는 생각을 합니다. 또 이것이 가장 평범하면서 가장 위대한 사랑이라 생각을 합니다.

건강은 젊었을 때 건강할 때부터 건강관리를 꾸준히 해 나간다면 평생 건강이 유지될 것입니다. 젊었을 때 건강하다고 건강을 해치는 일 조금쯤 해도 괜찮겠지, 하는 생각을 하지 말아 주실 것을 말씀드리고 싶습니다.

평소 운동 습관과 취미활동을 꾸준히 하는 것, 이런 것이 건강을 평생 지키는데 가장 좋지 않을까 하는 생각을 말씀드립니다.

이런 모든 것들이 그저 특별한 것이 아니고 평범하면서 또 이 평범함이 어떻게 생각해 보면 가장 위대한 것이 아닌가 이런 생각을 하면서 두 분께 주례사로 말씀을 드립니다.

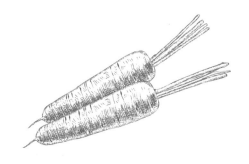

최선을 다할 것

지금 이 자리에서 백 년이고 천 년이고 변함없는 사랑을 하자고 언약을 하시는 신랑과 신부, 밤이나 낮이나 행복한 가정을 꾸미기 위해서 최선을 다하자고 마음속으로 다짐을 하시는 신랑과 신부가 부부의 연을 맺어 가시는 앞길, 꽃들이 만발하고 향기로움이 가득한 길이 펼쳐지리라 생각합니다. 그 길을 가시는 두 분이 차창을 열고 휘파람 불며 평생을 거침없이 질주하게끔 파란 신호등이 계속 켜지리라 생각합니다.

다만 혹시나 갈림길이나 교차로 만나 노랑 신호등이나 빨강 신호등을 만나면 잠시 쉬었다 가라는 신호로 생각하고 잠시 멈추어 서서 지나온 길을 다시 한번 돌아보시고, 앞으로 갈 길을 점검하여 희망에 네비 찍어 다시 힘을 내어 달린다면 그 다음에는 더욱더 행복의 향기가 가득한 길이 평생을 함께하여 줄 것이라는 말씀을 드리고 싶습니다.

다음에는 모든 일에 최선을 다하라고 말씀드리고 싶습

니다. 나는 모든 일에 최선을 다해야 한다고 생각합니다. 그리고 권합니다.

여기 서 있는 신랑은 신랑으로서 최선을 다해야 할 것이며 신부는 신부로서의 최선을 다해야 할 것입니다.

두 분 가정을 위해서 최선을 다해야 할 것이며

사랑을 위해서 최선을 다해야 할 것이며

부모를 위해서 최선을 다해야 할 것이며

자녀를 위해서 최선을 다해야 할 것이며

언제든지 자기 위치에 서서 자기가 지금 하고 있는 현실적인 일에 최선을 다해야 할 것입니다. 시험이 시험을 위해서 최선을 다해야 하듯 대통령은 대통령 자리에 맞게끔, 농부는 농부의 자리에 맞게끔, 사장은 사장의 자리에, 회사원은 회사원의 자리에 맞게끔, 최선을 다한다면 보다 더 좋은 앞날이 찾아오리라 생각을 하며 여기 서 있는 신랑과 신부에게 행복한 가정을 위해서 최선을 다해 주실 것을 말씀드립니다.

끝으로 짧은 시 한 구절을 낭송해드리고 이 주례사를 맺겠습니다.

이 시는 시인 정하선이 쓴 "세한도"라는 시입니다. "세한도"는 여기 계신 모든 분들이 다 잘 알고 계시리라 생각합니다만 추사 선생님의 그 유명한 소나무 그림입니다. 제자의 변함없는 마음을 그린 그림이지요. 그럼 낭송을 하겠습니다.

세 한 도

정 하 선

가려운 등
긁어주는
당신의 손이
소나무 한 그루

입니다. 평생을 함께 해온, 소나무 껍질같이 거친 손이
지만 그러나 변치 않은 부부의 정을 세한도에 비유한 시
이지요. 여기 서 계신 신랑과 신부도 이 세한도 같은 부
부가 되길 부탁드리면서 제가 하는 말을 맺겠습니다.

결혼은 퍼즐 맞추기의 시작

결혼은 퍼즐 맞추기라고 나는 생각을 합니다.

두 분이 태어난 곳이 다르고 자란 환경이 다릅니다. 따라서 몸에 익은 습관이 다를 것입니다. 습관 중에서도 식습관, 생각하는 습관, 성격 등등 여러 가지 다른 습관을 가지고 있을 것입니다. 그 다른 습관을 한 조각 한 조각 맞추어 나가는 퍼즐 맞추기가 나는 결혼이라고 정의하고 싶습니다.

다른 부분들을 하나하나 맞추어가면서 잘 어우러진 모양의 가정이라는 훌륭한 그림의 퍼즐을 완성해 나가는 것 이것이 바로 결혼이라 생각을 합니다.

그림에도 잘 그려진 그림이 있으며 못 그려진 그림이 있듯이 퍼즐을 맞추는데도 잘 맞추어진 퍼즐이 있을 수도 있을 것이며 잘못 맞추어진 퍼즐이 있을 수도 있을 것입니다.

두 분은 어느 누구가 보아도 아름답게 보이는 잘 맞추어진 퍼즐을 맞추시길 바랍니다.

이렇게 잘 맞추어 완성된 하트 모양의 퍼즐을 가정이
라는 벽에 걸어놓고 여기에 사랑이라는 예쁘고 화려한
바탕색을 칠하시고 효도라는 맑은 니스를 덧칠하길 바랍
니다.

　　그 위에 사회에 봉사하고 세상에 공헌하는 투명한 니스
를 칠하여 평생 변함없는 훌륭한 예술품 같은 가정을 만
들어 오래 오래 길이길이 명가로 남길 수 있도록 온 생
애 최선을 다해 줄 것을 부탁드립니다.

주례가 드리는 시

주례사를 시로 써 보았습니다.

행복의 길로

정 하 선

오늘은 하늘과 땅이 함께 복을 주신다는 황도길일
오곡백과가 익어가는 향기로운 바람도
신랑과 신부 두 분을 축하합니다.
이 결실의 황금빛 가을 길에
혼석의 무늬를 펼치신 혼주댁 양가에
모두들 축하의 메시지를 보냅니다.
하객 여러분에게도 감사에 그윽한 눈길 보냅니다.
결혼은 가정의 꽃 오늘 한 송이 결혼 꽃이 피어납니다.
꽃에는 꽃받침 결혼에는 사랑
두 분 사랑에 꽃받침 두껍게 가꾸시어
커다란 한 송이 꽃을 곱게 피우소서
햇살 환한 날은 함께 활짝 웃으시고

행여 비 오는 날 있다면 서로 비가림 되어 비 피하시고
수분을 빨아올려 주는 뿌리에 감사하듯
양가 부모님께 효도하시고
무성하게 가지 뻗어나가듯
형제간에 우애 있다는 칭찬 많이 받으시고
꽃 피면 열매 맺는 법
아이 울음소리 울타리 호박처럼 무럭무럭 자라고
빨랫줄에 널린 기저귀는 번영의 깃발
오늘 저녁부터 두 분
마릴린먼로 되어 향수 한 방울 잠옷을 입으시고
침실에 황촉불을 밝히소서
행복의 신은 두 분께 입맞추어 줄 것입니다.
평생 행운의 비단이 깔린 길로 인도해 줄 것입니다.
평생을 행복의 길로 평생을 행복의 길로
그 길 사뿐사뿐 밟아 가시길 빕니다.
가화만사성 하시길 빕니다.

대단히 감사합니다.

고등어 세 토막

고등어 한 마리를 사서 세 토막을 내었습니다. 그것을 노릇노릇 아주 맛있게 잘 구웠습니다. 어느 부분을 드시 겠습니까. 그렇지요 바보가 아닌 이상 다 가운데 토막을 드시길 원할 것입니다. 머리 부분을 미래라 생각하고 꼬리 부분을 과거라 생각하고 가운데 부분을 현재라 생각을 해본다면 모두 다 지금 현재를 드시고 싶어 할 것입니다.

과거는 지나가 버린 부분입니다. 미래는 불확실한 부분입니다. 현재가 제일 살이 있고 통통한 부분이지요. 이 현재를 잘 요리해서 먹어야 한다고 나는 생각합니다. 두 분 사랑도 현재 하고, 효도도 현재 하고, 건강도 현재에 충실히 지키십시오. 내일 사랑을 많이 해야지, 내일 효도를 많이 해야지, 오늘은 돈이 없으니까, 오늘은 살기가 힘드니까, 하면서 미래로 미루면 그때 가서 사랑도 더 많이 하고 효도도 더 많이 할까요. 그러나 그러지 않을 확률이 더 높으리라 나는 생각을 합니다. 고기도 먹어본 사람이 잘 먹는다고 오늘을 충실하게 살고 있는 사람이 내일도 충실하게 사는 법입니다. 머리 부분을 미래라고 했을 때 머리 부분이 잘 구워져서 맛있게 보여도 그 부분은 살이 없는 부분입니다. 가운데 토막이, 현재가 잘 구워지지 않아서 설령 힘들고 어렵더라도 현재를, 가운데 토막을 맛있게 드십시오. 억지로라도 가운데 토막을, 현재를 맛있게 드십시오. 그것이 두 분에게 영양이 제일 많은 부분이 되어서 피가 되고 살이 될 것입니다.

가운데 토막의 살이 힘이 되어서 기초가 되어서 내일 더 좋은 날이 두 분 앞에 펼쳐질 것입니다. 미래에 행복이 찾아올 확률이 높아질 것입니다. 아울러 과거는 거울 삼아서 잘 살펴보시고 현재를 잘 다듬어 나간다면 두 분에게 성공과 행복이 웃으며 찾아오리라고 생각을 합니다. 아무리 사소한 일이라도 현재에 충실할 것을 말씀드리며 간단히 주례사에 끝을 삼을까 합니다.

대단히 감사합니다.

모내기철에

지금은 모내기가 한창입니다. 모도 시집을 가는 이런 계절 화촉을 밝히는 신랑과 신부, 혼주댁 양가에 깊은 축하의 말씀드립니다.

특히나 오늘 모내기철이라 일손 바쁘심에도 잠시 일손 놓으시고 이렇게 많으신 분들이 함께 좋은 자리 이루어 주심을 깊이깊이 감사드립니다.

모가 시집을 가면 그 모는 그 모가 심어진 논을 평생 살아갈 터전으로 알고 그 논에 뿌리를 내리고 논에 심어진 다른 벼들과 함께 서로 마주 보며 자라서 열매를 맺을 것입니다. 맺은 열매를 농부가 수확하여 알곡을 털고 볏짚은 다시 그 논에 거름으로 뿌려질 것입니다.

신부는 제가 방금 말씀드린 벼처럼 시집을 가면 그 논에 그 가문에 뿌리를 내리고 가문과 하나가 되어 햇볕도 함께 비바람도 함께 하다가 후손을 남기고 늙어 죽으면 거름이 되듯이 그 가문에 귀신이 되어야 할 것입니다.

신랑과 신랑 댁 가족은 논이 되어서 신부가 시집을 오

면 뿌리내리기 쉽도록 부드러운 흙과 물, 그리고 거름기 등 모든 배려를 다해 맞이하여 평생을 활기차게 살다가 황금빛 찬란한 좋은 결실을 맺고 논에 묻힐 수 있도록 최선의 배려와 아낌을 베풀어주실 것을 부탁드립니다.

이렇게 하여서 얼마 전에 '명가'라는 제목으로 방영된 연속극의 모델인 경주 최부자 같은 아주 좋은 명가를 꾸려주실 것을 부탁드리며 기원 드리며 이만 간단히 두서없는 주례사를 맺을까 합니다.

대단히 감사합니다.

화병에 꽃을 꽂는 두 분

가정이라는 고운 화병에 오늘 신랑과 신부님이라는 꽃 두 송이를 꽂습니다. 그 꽃은 서로 다른 색깔과 향기를 내고 있습니다. 한 가지 꽃을 꽂은 화병보다는 잘 조화되는 몇 송이 꽃을 꽂은 것이 더 아름다운, 잘 조화를 이루어 우리의 마음을 환하게 하여 줄 것입니다.

오케스트라에 여러 가지 악기가 함께 어울려 화음을 내야 좋은 음악의 공연이 되듯이 화병에도 여러 가지 꽃을 꽂아야 조화로 인한 아름다움을 가질 수 있을 것입니다. 그렇다고 아무 꽃이나 이것저것 많이 꽂아놓으면 그것 또한 그리 아름다운 꽃꽂이는 되지 못할 것입니다. 장미는 장미에 맞는, 장미꽃과 잘 어울리는 꽃을, 백합은 백합에 맞는, 백합에 잘 어울리는 꽃을 꽂아야 할 것입니다.

오늘 여기 서 계신 신랑과 신부님은 그런 의미에서 아주 잘 어울리는 꽃꽂이가 된다고 나는 생각을 합니다. 뿐만 아니라 그 가족들 역시 잘 어울리는, 함께 꽂아야 할 꽃송이들이 아닌가 하는 생각이 듭니다.

신랑과 신부는 자기 자신이 잘생기고 아름답게 생겼다고 자기 자신만 더 높이 꽂여져서도 안될 것이며 자기 자신만 진한 향기를 내서도 안될 것입니다. 서로 어울려서 잘 조화를 이룬 꽃꽂이가 되어야 할 것입니다. 비단 신랑과 신부 뿐만 아니라 부모님, 그리고 형제자매 이웃 간에도 잘 조화를 이룬 꽃꽂이 같은 그런 가정을 꾸민다면 아주 이상적인 가정이 될 것입니다만, 그런 가정을 꾸미는 것은 쉬운 일이 아닐 것입니다.

　　다만 그런 가정을 꾸미기 위해서 평생 노력을 해야 하리라고 생각합니다. 이것이 바로 결혼이라고 나는 생각을 합니다. 두 분 이런 아름다운 꽃꽂이 같은 가정을 꾸미기 위해서 오늘부터 꾸준한 쉼 없는 길을 걸어가 주셔서 아름다운, 이 세상에 제일 아름다운 가정이라는 이름을 남겨 주시기 바랍니다.

주례사 20

계절과 같은 것이 인생

겨울이 가고 이제 봄이 왔습니다. 겨울이 언제 가나, 봄이 언제 오나, 하고 기다리던 때가 엊그제 같은데 벌써 봄이 이렇게 왔습니다.

우리가 살아가는 사람살이도 이와 같다고 나는 생각을 합니다. 봄, 여름, 가을, 겨울은 우리 인생과 같다는 생각을 합니다. 지금 두 분은 초여름입니다. 어렸을 때가 봄이지요, 개나리와 유치원 옷 색깔이 보편적으로 비슷합니다. 그것은 우리의 생각과 시각과 느낌이 비슷하기에 그러리라고 생각합니다만, 여름에 활발히 일하고 사랑하고 열매를 맺어야 한다고 모든 사물들이 우리에게 가르쳐주고 있습니다.

지금 여기 서 계신 신랑과 신부님 이제 결혼을 하면 더 열심히 사랑을 하고 일을 하여야 할 것입니다. 젊었을 때 열심히 모든 것을 하지 않으면 가을에 수확을 할 것이 없을 것입니다. 초여름 같은 부부가 되어주실 것을 말씀드립니다. 그리고 겨울이 가면 반드시 봄이 온다는 것도 잊지 말아 주십시오. 고난 뒤에는 반드시 좋은 일이 있는 것이 우리의 인생사라고 생각하는 신념을 갖고 살아갈 것을 말씀드립니다.

다음은 효도에 대하여 한 말씀 드리겠습니다. 나는 효도는 불효를 하지 않으려 애쓰는 것이 효도의 첫째라고 생각합니다. 다음은 부모님의 얼굴에 웃음이 고일 수 있도록 해드리는 것이 효도의 두 번째라고 생각합니다. 세 번째가 부모님께 물질적으로 도움을 드리는 것이라고 생각을 합니다. 물론 이 세 가지 효도를 다 하려고 노력하시면 더욱 좋겠지요. 나는 이렇게 하지 못했습니다만, 내가 못했기 때문에 두 분께 더 간곡히 말씀을 드리는 것입니다.

건강도 마찬가지라고 생각을 합니다. 될 수 있는 한 건강을 해치는 일을 하지 말 것, 이것이 첫째 건강법이라 생각을 합니다. 두 번째가 평상시 하던 대로 살아가는 것 이것이 두 번째 건강이라고 생각합니다. 세 번째가 건강을 위해서 많이 노력하는 것이라 생각을 합니다.

인생 (人生)

나는 다른 분의 주례사를 들은 적이 있습니다. 그분은 매우 훌륭한 이력을 가진 분이었는데 인생이란 글자에 대하여 얘기를 하는 것을 들었습니다.

인생에 있어서 사람 인(人) 자는 서로 두 획이 기대어서 만들어진 자인데 사람은 서로 기대고 의지하면서 살아가는 것, 특히나 부부는 서로 의지하면서 살아가는 것이라고 하였습니다. 또 인생에 두 번째 자, 날 생(生) 자는 소 우(牛) 자와 한 일(一) 자가 합하여 된 자인데, 그것은 소가 외나무다리를 건너가는 것같이 어려운 것이 인생이라는 것이라고 하였습니다.

물론 어떻게 보면 그럴 수도 있을 것입니다. 그러나 그렇게 평생을 어렵게만 생각을 한다면 어느 누가 이 세상을 살아갈 수 있겠습니까. 그렇게 어려운 것이 인생이 아니고 소가 한 일(一) 자 같은 평지를 걸어가는 것이 인생이라고 생각을 하고 항상 행복한 마음으로 평생을 두 분 함께 나란히 산보라도 하듯이 걸어가시기 바랍니다.

소도 가다 보면 풀밭을 갈 수도 있고 평지를 갈 때도 있고. 또는 좁은 다리를 건너야 할 때도 있을 것입니다. 다리를 건널 때를 만나면 그 밑에는 시원하게 마실 물이 있다고 생각을 하는 것도 좋은 생각이 되리라 생각을 합니다.

그렇게 하면 두 분이 이루고 가꾸는 가정에 항상 행운이 함께 하리라 믿으며 말씀을 드립니다.

꽃동산 같은 가정을

결혼을 하면 가정이라는 동산을 만들어 나가야할 것입니다. 그 동산이 꽃동산이 되도록 신랑과 신부는 꾸며나가야 할 것입니다.

오늘이 꽃동산을 꾸미는 기초를 잡는 날입니다. 오늘부터 사랑의 흙을 한 삽 한 삽 떠 부어 아름다운 가정이라는 동산을 만들어 나가야 할 것입니다. 그 동산에서 가족이 항상 함께 웃으며 즐거운 생활을 하도록 하셔야 할 것입니다. 동산의 크기 동산의 아름다움은 만드는 사람마다 다 다를 것입니다. 여기 서 계신 신랑과 신부는 크고 아름다운 가정이라는 동산을 만드실 것이라 나는 믿음이 갑니다.

동산을 만들다 어쩌면 비가 와서 쌓았던 흙이 무너져 내릴 때도 있을지 모르겠습니다. 만약 그런 일이 있으시면 그 흘러내린 흙을 더 단단하게 만들어 계단을 만들어 다시 쌓아간다면 더 튼튼한 동산을 얻을 수 있으리라 생각을 합니다.

그 동산에 아름다운 꽃나무와 공원 수목을 심어서 잘 가꾸어나가시길 부탁드립니다.

노송 같은 부모님, 울울창창한 형제자매, 매끈매끈 잘 자라는 어린 묘목같은 후손들 잘 어울려서 서로가 서로를 아끼며 함께 살아간다면 그 공원에는 많은 사람들이 쉬어가기 위해서 찾아올 것입니다. 이것이 바로 사람이 재미있게 사람답게 살아가는 사람의 길이 될 것입니다. 이런 아름다운 가정, 풍광이 좋은 공원 같은 가정 꾸며주실 것을 부탁드리면서 이만 주례의 말을 마치겠습니다.
감사합니다.

신부댁 · 신랑댁 아버지가 하는 주례사

신부댁 아버지 말씀

오늘 날씨 화창한 휴일이라 할 일 많음에도 이렇게 저의 집 혼사를 [경사를] 축하하여 주시기 위하여 자리를 함께 하여 주신 하객 여러분께 첫째로 깊은 감사의 말씀 드립니다.

다음은 사위 ○○군과 딸 ○○양의 결혼을 진심으로 축하한다는 말을 합니다. 아울러 오늘이 우리 부부에게도 평생 제일 기쁜 날이 아닐까 하는 생각도 함께 합니다.

딸을 낳은 것이 엊그제 같은데 막상 오늘 딸을 보내려고 하니 그동안 좀 더 많은 것을 가르치지 못하고 보내는 것이 사돈댁과 신랑에게 미안하고 죄송스럽지만, 그동안 설령 많은 가르침이 있었다 하더라도 이제 제 집의 가풍을 떠나 시댁에 들어가면 시댁의 가풍을 따라야 할 것이라는 생각에 '시댁 어른들과 가족들, 신랑이 다시 가르치는 마음으로 곱게 길들여 가시면 감사하겠습니다' 란 말씀을 드리고 싶습니다.

아울러 신부의 모자란 부분을 신랑이 항상 사랑으로 채워주기를 신랑에게 다시 한번 부탁드립니다.

오늘 신랑과 신부에게 부모로서 꼭 말해 주어야 할 것이 있다면 세상 그 어떤 가정보다 더 화기애애한 아름다운 가정 꾸려서 평생 행복한 부부가 되도록 서로 노력하라는 말을 하고 싶습니다. 서로가 서로를 깊이 감싸안아 주는 마음으로 행복하게 잘 살아가는 것이 이 부모에게 하는 효도라는 것도 함께 말하여 주고 싶습니다.

그리고 신부는 여태까지 부모에게 하였던 모든 효도의 마음을 시댁 어른들에게 갑절로 행하여 드리라는 것을 부탁하고 싶습니다.

끝으로 두 사람에게 평생 좋은 일만 행복한 일만 가득가득 쌓이고 좋지 않은 일은 하나도 범접하지 말기를 기원하면서 이만 간단히 제 말을 갈음할까 합니다.

다시 한번 하객 여러분과 사돈댁에 감사드립니다.

대단히 감사합니다.

신랑댁 아버지 말씀

저의 집 혼사를 축복하여 주기 위하여 모든 일 제쳐두고 이렇게 자리를 빛내주신 하객 여러분께 진심으로 깊은 감사드립니다.

힘들게 낳아 곱고 훌륭하게 기르신 따님을 저희 미천한 집안에 보내주시는 신부댁 사돈 내외분 그리고 어른들께도 진심으로 깊은 감사에 말씀드립니다.

부부의 연이라는 것은 하늘이 맺어준다고 하였습니다. 오늘 결혼을 하는 신랑과 신부 역시 하늘이 그 인연을 맺어주면서 평생을 함께 하라고 한 것 같습니다.

신랑과 신부는 하늘의 뜻을 평생 거역함 없이 서로가 서로를 내 몸 같이 생각하고 아끼며 온 사랑을 다 하여 행복한 가정을 만들기 위하여, 오늘 행복한 가정보다 더욱더 내일의 행복한 가정을 만들기 위하여 평생을 노력해 줄 것을 부탁합니다.

신부는 이제 저의 가문에 저의 가족으로 오늘 입문하면 저희 부부를 친정부모같이 편하게 생각하고 저희 부부는 며느리라는 생각보다는 딸이 하나 더 생겼다는 마음으로 평생을 함께하는 가족이 될 것을 사돈어른께 이 자리를 빌어서 말씀을 드립니다.

아울러 여기 오신 하객 여러분께서도 항상 지도편달 아끼지 않으시기를 부탁드립니다.

다시 한번 하객 여러분과 신부댁에 감사에 인사드리며 이만 간단히 제가 드리는 말을 마치도록 하겠습니다. 감사합니다.

※ 이 주례사는 어떤 분이 요청을 해서 작성해 보낸 주례사입니다.
※ 말은 경어를 쓰는 것이 좋을 것 같습니다. 신랑과 신부가 관복을 입는 날이고 하객들이 참석한 공개석상이니 말입니다. 그러나 이것은 제 생각입니다.
※ 진행은 사회가 하고 주례 선생님을 모시지 않는 대신 양측 부모님이 덕담을 해주시기로 했다는 설명을 사회가 미리 덧붙여 주는 것도 좋으리란 생각이 듭니다.
※ 맞절은 사회가 순서에 따라 시키고 혼인서약은 신랑과 신부가 각각 읽고 성혼선언문은 부모님 친구 분이나 또는 친척 어른이 하는 것이 좋으리란 생각이 듭니다. 그 외의 진행은 사회자가 계속 진행하는 것이 무방할 것 같습니다. 이것 역시 예문에 나와 있는 것이 아니고 제 생각이라는 것을 말씀드립니다.
※ 신랑과 신부가 감사에 인사를 올리면 그때 인사 받고 당부의 말씀을 혼주께서 해주시면 될 것 같습니다. 또는 주례사가 있을 순서에 해도 무방할 것입니다.

현재가 가장 중요한 것

오늘 두 분 이 자리에서 결혼을 합니다.
무척 행복하고 사랑으로 가득 찬 날입니다.
오늘은 어제보다 더 행복한 날이 되었습니다.

　인생살이에는 과거와 현재와 미래가 있습니다. 과거와 현재 미래 이 세 가지가 다 중요하지만 그중에서도 우리에겐 현재가 제일 중요하다고 나는 생각합니다. 물론 과거도 중요하고 미래도 중요하지만 과거는 이미 지나갔습니다. 미래는 불투명한 것입니다. 그러나 지금 현재는 과거나 미래보다는 투명한 것이며 미래의 발판이 되는 것입니다. 우리는 내일을 그리고 먼 훗날 좀 더 잘 살 것이라는 기대를 가지고 살아가고 있습니다. 그 미래를 탄탄하게 하려면 현재를 탄탄한 발판으로 계단을 만들어야 합니다.
　사랑도 오늘 해야 하고 효도도 오늘 해야 하고 봉사나 어떤 일에 공헌할 수 있는 일도 오늘 해야 합니다. 내일로 미루면 계단 하나가 비게 됩니다. 한 계단이 비면 다음 계단이 튼튼한 계단이 되지 못할 것입니다. 내일은 내일이 되면 현재가 됩니다. 모레는 모레가 되면 현재가 됩니다. 그 현재가 중요한 것이지요. 어제보다 더 나은 더 충실한 오늘을 살기를 부탁드립니다.

제가 살아온 길을 스스로 되돌아보면 방금 말씀드린 대로는 살지 못했습니다. 그러기 때문에 더 간절히 부탁드리는 것입니다. 나는 하지 못했어도 내가 하지 못했기에 자식이나 후배에게 그렇게 하라고 말하는 것과 같은 마음으로 말씀드리는 것이니 노력하여서 아주 아름다운 훌륭한 가정 이루시길 부탁하며 기원합니다.

오늘이 있도록 두 분을 낳아 길러주신 부모님, 이 자리에 참석하신 하객 여러분, 또 이 예식을 위하여 힘써주신 모든 분들 항상 행복하시길 기원합니다.

춘향이와 이몽룡이 되실 것을

우리는 로미오와 줄리엣이라는 소설과 영화를 모르는 사람이 없을 것입니다. 소설을 읽으신 분도 계실 것이고 영화나 연극 또는 오페라 등등 여러 매체를 통하여서 이 명작을 접하였을 것입니다. 그렇지 않은 분들은 이야기를 들어서라도 대충 내용은 알고 있으리라 생각을 합니다. 그리고 우리나라에는 모르는 사람이 없는 춘향전이 있습니다. 나는 서양에 로미오와 줄리엣보다 우리의 춘향이와 이몽룡의 사랑이 더 아름답고 훌륭한 사랑이었다고 생각을 합니다. 언어 때문에 세계인의 시각이 다르게 인식되었다고 생각할 뿐입니다.

오늘 여기 서 계신 신부님은 춘향골 남원에서 태어난 분이라고 합니다. 여기 오신 하객 여러분들 역시 남원에서 버스 두 대가 싣고 온 분들입니다. 그래서 제가 춘향이와 이몽룡의 아름다운 사랑을 여기서 지금 말하고 있습니다.

여기 서 계신 신부님과 신랑님, 춘향이와 이몽룡이 되

어서, 춘향이와 이몽룡의 후예가 되어서 정절과 약속을 소중히 아는 한 쌍 부부가 돼 주실 것을 말씀드립니다.

여기 오신 신랑과 신부님의 친구분들이 향단이와 방자처럼 또 다른 사랑으로 맺어지는 경사도 있었으면 좋겠다, 하는 생각도 해봅니다. 친구분들 내가 하는 말 잘 들으셨지요. 그런 사랑이 이루어진다면 그때 주례는 누가 서야 하지요? 그렇지요, 당연히 그때도 내가 주례를 보아야 하겠지요. 그날을 기다리겠습니다.

살다 보면 항상 평탄한 길만 있는 것이 아닙니다. 어려운 일이 있을 때는 그 어려움을 극복해야 하는 것, 이것은 가정이 있기 때문에 더 절실해야 하는 것입니다. 그리고 두 분이 힘을 합할 수 있어서 극복하기가 한결 힘이 덜 들 것이라는 생각도 하여 봅니다. 이것이 바로 춘향전의 정신이 아닌가 생각합니다.

부모에게 잘하는 것을 평소 아이들에게 보여주어야 다음에 아이들이 커서 부모에게 잘한다고 합니다, 이런 점도 기억하여 주셨으면 좋겠습니다.

오복을 누릴 수 있는 가정 꾸미시길 기원하면서 이만 주례사를 마칩니다.

감사합니다.

주례사 26

부부는 떨어져 살면 절대 안 되는 것

오늘 선남선녀가 만나 이 자리에서 한 쌍 부부가 되는 예식을 올립니다.

부부가 된다는 것은 둘이 만나 하나의 가정을 꾸미고 죽을 때까지 같이 살아가는 것입니다. 여기 이 자리에서 할 말은 아닙니다만 지금 세상은 이 약속을 저버리는 사람들이 간혹 있습니다. 왜 이런 일이 생겼을까요. 이것은 가정이라는 단어를 위대하게 생각하지 않기 때문이라고 나는 생각을 합니다. 서로 뜻이 조금 맞지 않는다고 싸우고 죽일 듯이 생각하고 그러면 그 뒤는 어떻게 될까요. 가정은 끝이 나는 것입니다.

우리 주위에는 간혹 그런 일들이 있습니다. 이것이 과연 바람직한 일일까요. 좋은 일일까요. 왜 부부싸움을 할까요? 돈 문제, 부모 문제, 자식 문제, 등등 그러나 그런 문제들은 부부간에 제2차적인 문제들입니다. 부부간에 문제는 서로가 서로를 좋아하는 마음으로 서로 보듬어 안아주며 살아가는 것입니다. 가정은 이 둘의 문제가 제일 중요한데 왜 울 밖의 문제로 둘의 제일 중요한 문제를 파손해야 합니까. 절대 이런 부부가 되지 말기를 부탁드립니다. 신부는 신랑을 신랑은 신부를 서로 너 아니면 못 산다는 생각으로 살아가야 할 것입니다. 그러려면 서로 믿음이 있어야 할 것입니다. 아내는 남편의 모든 것을 남편은 아내의 모든 것을 믿으며 그 믿음을 사랑으로 승화시켜야 할 것입니다. 그다음 문제가 가족들 문제입니다. 물론 그렇다고 가족들 문제도 소홀하게 해서는 안 되겠지요. 부부 문제를 잘 다루는 사람이 가족들 문제도 잘 다루리라 나는 생각을 합니다.

부부는 항상 떨어져 살면 안 되는 것입니다. 잠자리는 평생을 함께 해야 하는 것입니다. 절대 침대 두 개를 쓰면 안 된다는 것을 말씀드립니다. 다른 것은 다 잊으셔도 이 말만은 잊지 말아 주실 것을 다시 한번 부탁드립니다. 요사이 자식 교육 때문에 또는 직장 때문에 서로 떨어져 사는 부부가 많은데 나는 그렇게 사는 것이 결코 바람직한 일은 아니라고 생각을 합니다. 가급적이면 함께 살 수 있는 방향으로 교육도 직장도 마련하실 것을 부탁드립니다. 그러면 평생 함께 행복을 누릴 수 있으리라 생각을 합니다.

두 분이 지금 바위산에 서 있다면

신랑과 신부 두 분 다 같이 지금 눈을 살며시 감아보세요. 자, 지금 신랑과 신부는 산으로 올라간다고 속으로 생각을 해보세요.

두 분 손을 잡고 올라갑니다. 산 정상에 두 분이 섰습니다. 산은 바위산입니다.

갑자기 지진이 난듯, 산이 사방에서 무너져 내립니다.

이제 두 분이 선 자리만 겨우 남았습니다.

산이 흔들립니다. 산이 많이 흔들립니다.

두 분 곧 수천 미터 아래로 떨어질 것 같습니다.

두 분 떨어지지 않으려고 서로를 부둥켜 안는군요.

그렇습니다. 평생을 두 분 이렇게 살아야 합니다.

서로가 서로를 붙잡아주며, 서로가 서로를 의지하며,

서로가 서로를 따뜻하게 안아주며 살아가야 합니다.

두 분만 천 길 세상의 낭떠러지 위에 서 있다고 생각하는 마음으로 살아가야 합니다.

세상에서 제일 중요한 것이 가족입니다. 가족들 중에는 부모님도 중요하고, 자식도 중요하고, 형제자매도 중요하지만 그보다 더 중요한 관계가 핏줄 한 가닥 섞이지 않은 부부가 제일 중요한 것입니다. 신부가 신랑을 중요하게 생각하고, 신랑이 신부를 제일 중요하게 생각하신다면 남들도 두 분을 소중하게 생각하고 결코 소홀히 대하지 않을 것입니다.

　하느님도 부처님도 두 분 부부를 도와줄 것입니다.

　두 분이 꼭 껴안듯 살아가는 그런 아름다운 모습 세상에 보여주시기를 바랍니다.

주례사 28

진심으로 마음을 알아주는 배려

옛날에 산에 사는 염소와 늑대가 부부로 살았던 때가 있었다고 합니다. 물론 이 이야기는 우화입니다만,

염소와 늑대가 신혼시절이었습니다, 깨가 쏟아질 것 같은 사랑을 할 때입니다.

하루는 염소신부가 먹을거리를 준비하려 나갔습니다. 염소신부는 풀이 잘 자란 곳으로 가서 풀을 잘 뜯어먹었습니다. 풀을 먹으면서 보드라운 풀은 아껴서 집으로 가지고 왔습니다.

사랑하는 늑대신랑에게 주기 위해서였습니다. '여보, 여기 맛있는 풀 뜯어왔어요.' 하자 늑대는 '그래, 고마워요, 맛있게 먹을 게요.' 하고 풀을 받았습니다. 그러나 늑대는 풀을 먹을 수가 없었습니다. 늑대는 육식 동물인데 풀은 늑대에게는 맞지 않는 식사이지요.

하루는 늑대신랑이 먹을거리를 준비하러 나갔습니다. 늑대신랑은 토끼 한 마리를 잡았습니다. 그리고 맛이 없는 곳의 고기는 늑대가 먹고 등심, 안심 등 맛있는 부위

만 가지고 집으로 돌아왔습니다. 집에 와서 염소신부에게, '여보, 여기 맛있는 고기 잡아왔어요. 배고픈데 어서 먹어요.' 하고 토끼 고기를 내놓았습니다. 염소신부는 '고마워요 맛있게 먹을 게요.' 하고 고기를 받았지만 구역질이 나와서 먹을 수가 없었어요. 염소는 풀을 먹고사는 식성을 가지고 있는데 고기는 먹을 수가 없었지요.

이것은 둘이 무척 사랑을 하는 것 같은 금실 좋은 부부였지만 일방적인 사랑이었습니다.

신랑은 신부의 마음을 알아주어야 합니다. 신부는 신랑의 마음을 알아주어야 합니다. 그것이 바로 배려입니다. 진정한 배려가 진정한 사랑인 것입니다.

여기 서 계신 두 분은 서로가 서로의 마음을 헤아릴 수 있는 그런 부부가 되어주실 것을 말씀드립니다.

김치찌개와 동태탕

나는 돼지국을 좋아합니다. 돼지찌개가 아닌 돼지국입니다. 잘 이해가 안 가실지 모르겠습니다만 내가 어릴 때 먹었던 음식입니다. 그것이 버릇이 되어서 아니, 입에 익어서 지금도 그 음식을 좋아합니다. 내가 자란 곳은 전라도입니다. 껍데기와 비계와 살과 뼈가 붙은 돼지고기를 칼로 썰어서 김치와 된장을 넣어 끓인 국입니다. 한 마디로 말해서 찌개인데 찌개보다는 국에 더 가까운 음식이라고 생각하면 될 것입니다. 아내는 나를 생각해서 이 음식을 잘 만들어 줍니다.

나는 아내가 좋아하는 음식이 김치와 상추인 줄 알고 있었습니다. 그런데 어느 날부터 동태탕을 좋아한다는 것을 알았습니다. 비린내가 나지 않는다고 즐겁게 먹는 것을 보았습니다. 그래서 내가 가끔 동태를 사 가지고 왔습니다. 나는 동태탕을 먹지 않는 편이었습니다. 아내는 돼지국을 먹지 않는 편이었습니다.

먹으면서 서로 미안한 감이 있었습니다. 아내는 동태를 사 오지 말라고 하였습니다. 나는 동태를 같이 먹겠다고 하고 가끔 동태를 사 왔습니다. 그리고 동태탕을 조금씩 먹기 시작해서 지금은 동태탕을 제법 먹습니다.

어릴 때 나를 길러주신 할머니가 다른 고기는 아무 것도 드시지 않으셨는데 오직 동태는 잘 드셨습니다. 비린내가 나지 않는 고기라서 드신다고 하셨습니다. 지금 생각해보면 그때 할머니가 좋아하시는 동태를 왜 가끔 사다 드리지 못했는가 하는 아쉬움이 있습니다. 물론 그때는 살기가 어려운 시기였으니까 고기 사다 먹기가 쉽지는 않았습니다만, 이제 후회하고 생각해 보아야 무슨 소용 있겠습니까. 이것이 효가 될까요. 이것은 효가 아닙니다. 나는 효도를 못하고 일생을 보낸 사람입니다. 살아계실 때 조금이라도 대접해 드렸어야 했는데 지금 이런 말을 해보아야 무슨 소용이 있겠습니까.

두 분 왜 내가 여기서 이런 말을 하는지 생각을 해주시기 바랍니다. 그리고 나같은 후회나 하고 있는 사람이 되지 말라는 의미에서 이런 경험담을 말씀드립니다. 다음에 후회하지 않는 효도를 해주실 것을 부탁드립니다. 죄송합니다. 나는 하지 못했던 걸 해주시라고 부탁을 하고 있으니 말입니다. 그러나 그랬기 때문에 더 간절히 말씀드린다는 것도 함께 생각을 해주시면 감사하겠습니다.

주례사 30

1 + 1 = 1

1+1=1, 이 맞지 않는 수학공식이 오늘 하나에 하나를 합해서 하나가 되는 결혼입니다.

이 공식이 정말 맞지 않는 공식일까요. 결혼이라는 말과는 정말 기가 막히게 잘 맞는 공식이라 나는 생각을 합니다. 이 공식을 난센스로 다시 한번 다르게 풀어보면 '1+1=열심히 일하는 사람'입니다. 부부가 되면 더 열심히 일하는 사람이 되어야 합니다. 열심히 일을 하려면 눈을 더 크게 뜨고 귀를 더 크게 열어야 할 것입니다. 옛날에 말했던 귀머거리 3년, 벙어리, 3년 봉사로 3년도 중요하지만 그러나 그 9년을 바탕에 깔고 못 보고, 못 듣고, 말하지 못할 것을 가린 그 위에다 잘 듣고, 잘 보고, 말 잘하는 그런 면도 함께 가지는, 열심히 일하는 부부가 되어야 한다고 나는 생각을 합니다.

다이아몬드는 저 스스로 빛을 내지 못합니다. 세공 기술자가 정성을 다해서 깎아 내고 다듬어주어야 비로소 찬란한 빛을 내는 아름다운 보석으로서 가치를 얻게 되는 것입니다. 신랑은 신부가 다이야 몬드 원석이라 생각을 하고 신부는 신랑이 다이아몬드 원석이라 생각을 하여 서로가 서로를 정성껏 깎고 다듬어 훌륭한 빛을 낼 수 있도록 온 정성을 다하는 보석 세공사가 돼 주실 것을 말씀드립니다.

여보를 같을 여(如) 보배 보(寶)로 생각해 봅시다. 여보는 보배라는 말이 될 것입니다.

당신, 당당할 당(當) 몸 신(身)은 떨어져 있어도 당연히 당당한 내 몸이라는 뜻이 될 것입니다. 바로 이것이 부부가 서로를 부르는 아름다운 언어라는 것도 함께 생각을 해주시길 바랍니다.

효의 첫째는 건강, 둘째는 표정관리, 셋째는 공경이라고 합니다. 만약 자식의 건강이 좋지 않다면 부모의 마음이 괴로울 것입니다. 자식의 표정이 좋지 않다면 이 또한 부모 마음이 불편하고 괴로울 것입니다. 부모 마음을 괴롭게 하는 것이나 부모 마음을 불편하게 한다면 이것은 효도가 되지 못할 것입니다. 다음이 공경하는 마음이라고 합니다. 항상 건강을 지키고 항상 즐거운 표정의 생활을 하신다면 이것이 바로 효도가 되리라 생각합니다.

교감 [조금 장난스러운]

내가 이 결혼의 주례를 부탁받았을 때 주례사를 재미있게 해 달라는 부탁을 받았습니다.

사회를 재미있게 보아 달라는 말을 했다면 그러려니 했겠는데, 주례를 재미있게 해달라는 말을 들었을 때 어떻게 해야 하나 망설였습니다만 해 보기로 했습니다.

나는 이 주례를 부탁받고 주례를 골탕 먹이려고 했나 하는 생각을 하였습니다. 아니면 신랑과 신부가 바보가 아닌가 하는 생각을 하였습니다.

아니나 다를까 지금 보니까 역시 생각했던 대로 신랑과 신부 두 분 다 바보 중에 바보입니다. 바보가 뭔지 아세요. 바라보면 바라볼수록 보고 싶은 사람이 바로 바보입니다. 두 분 평생을 바보로 살아가야 합니다. 신랑은 신부에게 바보가 되어 주시고 신부는 신랑에게 바보가 되어야 합니다. 서로 바라보면 바라볼수록 보고 싶은 바보로 살아가셔야 합니다. 이것이 바로 사랑입니다. 그러나 정말 세상 사람들이 생각하는 그런 바보는 되지 말기를 거듭 말씀드립니다.

옛날에 시집을 가면 장님 3년, 귀머거리 3년, 벙어리 3년을 살아야 한다고 했답니다. 지금은 그렇게 살면 큰일 나지요, 바로 세상에 뒤처지지요.

그런데 이런 벙어리가 아닌 진짜 벙어리 신부와 봉사 신랑이 살고 있었어요. 하루는 마을에 불이 났는데 벙어리 신부가 신랑에게 불이 났다고 말을 하고 싶은데 말을 못하니까 몸으로 말을 했어요. 신랑의 앞가슴을 열고 가슴 한가운데다 사람 인(人)자를 썼어요. 봉사 신랑이 '어, 불났어, 어디에?' 했어요. 그랬더니 이번에는 신부가 자기의 아래옷을 내리고 거기에다 신랑의 손을 잡아다 댔어요. '응, 털보네 구멍가게. 얼마나 탔는데?' 하니까 이번에는 신랑의 바지를 벗기고 신랑의 중요한 곳을 손으로 잡았어요. '뭐 다 타고 기둥만 남았다고 정말 안됐는데.'
이것이 바로 교감이라고 나는 생각을 합니다. 물론 그들의 언어입니다만 우리가 생각을 할 때는 이것을 교감이라고 생각을 해야 한다고 말하고 싶습니다. 그렇습니다. 부부는 눈짓 손짓만 보아도 서로의 속내를 알아차리고 가려운 곳을 긁어줄 줄 아는 한 쌍이 되어야 합니다. 서로의 표정만 보아도 서로의 아픈 곳을 알아보고 어루만져줄 줄 아는 한 쌍이 되어야 하는 것입니다. 말하지 않아도 눈빛만 보아도 서로의 미세한 부분까지 알아낼 수 있는 교감이 있어야 한다고 생각을 합니다. 교감이 깊은 이런 부부가 되어주실 것을 말씀드립니다.

주례사 32

검은 머리 파뿌리 되도록

"결혼" 하면 감초처럼 따라다니는 말이 있습니다. '검은 머리 파뿌리 되도록 변치 말고 사랑을 하라'는 말입니다. 그러나 세상살이 인생살이가 어디 그리 말처럼 쉽기만 하는 것입니까. 젊었을 때는 매일매일 서로 마주 보아도 매일매일 서로 포옹하고 잠을 자도 그 시간이 짧았는데 나이 먹어 흰머리가 하나 둘 날 때쯤이면 서로 등을 맞대고 잔다는 부부가 우리 주위에 많습니다.

나는 두 분께 검은 머리 파뿌리 되도록 이란 말 대신 사랑의 검은 머리에 하얀 권태의 흰머리가 하나씩 나기 시작하면 사랑에 염색약을 사다가 염색을 하여서 오늘처럼 사랑의 검은 머리를 유지해 줄 것을 부탁드립니다. 사랑의 염색약은 사기가 쉬우면서 또한 사기가 어려운 것이라 생각을 합니다. 제가 그 약을 사는 곳을 알려드리겠습니다. 돈을 많이 받고 알려드려야 하는 처방인데 오늘 특별히 여기 서 계신 신랑과 신부에게는 주례 사례비로 대체하기로 하고 말해 드리겠습니다. 덕분에 하객 여러분도 알게 되었습니다. 하객들에게서 돈을 받을 수도 없고 그냥 인심 쓴다 생각하고 말씀드리겠으니 박수나 많이 쳐 주시기 바랍니다. 그럴 수 있지요. 사랑의 염색약은 초심이라는 그릇 속에 가득가득 담겨져 있습니다. 사랑에 새치가 생기면 초심이라는 그릇을 열고 사랑의 염색약을 찾아서 염색을 하시기 바랍니다.

무지개는 비 온 뒤에 뜨는 것입니다. 두 분 길가다 혹 비를 만나면 슬기롭게 그 비를 피해 가시리라 생각을 합니다. 두 분은 그렇게 하리라 제가 믿습니다. 그 비를 잘 피해 가면 그 위에는 아름다운 무지개가 펼쳐질 것입니다. 흰머리가 다시 검은 머리가 되는 것이지요.

부부는 서로가 이해하고 감싸주어야 하는 것입니다. 절대 다른 사람과 비교하는 일이 없어야 할 것입니다.

진정한 효도는 항상 건강을 지켜야 하는 것이고 부부가 금실이 좋아야 하는 것입니다. 여기선 신랑과 신부가 항상 건강하고 금실 좋은 부부가 되어서 행복한 가정 꾸며 나간다면 부모의 마음은 이외에 더 무엇을 바라겠습니까. 이것이 바로 효도의 근본이고 행복한 가정의 근원입니다.

결혼은 서로 꼭 껴안고 살아야 하는 것

어제와 그제 눈이 왔습니다. 눈이 많이 왔지요. 오늘은 무척이나 추운 날씨입니다. 이런 날 두 분은 결혼을 합니다. 세상을 살아가는데 서로 포근히 감싸 안아주어야 할 상대방을 만나게 된 것입니다.

따지고 보면 세상은 따뜻할 때도 있지만 오늘 날씨처럼 아니 그 이상으로 세상은 추울 때가 더 많을 것입니다. 추울 때는 어떻게 해야 하는지 아시지요. 두 분 서로 꼭 껴안으면 덜 추울 것입니다. 방이 추우면 두 분 서로 더욱 바짝 붙어서 꼭 껴안고 자면 추위가 덜 할 것입니다. 두 분은 오늘을 평생 잊지 않을 것입니다. 오늘 무척이나 추웠다는 것도 잊지 말고 항상 기억을 하시기 바랍니다. 이 세상 살아가는 데는 서로 꼭 껴안고 살아가야 한다고 한 이 주례의 말도 잊지 않고 생각이 날 것입니다.

3년 후에도 5년 후에도 10년 후에도 아니 100년 후에도 이 사람과 결혼한 것을 정말 감사하게 생각하고 정말 잘했다고 하는 생각을 할 수 있는 부부가 돼 주실 것을 말씀드립니다.

추울 때 이불을 덮어주시던 부모의 마음을 헤아려 부모님 뜻 항상 거스르지 말고 자식에게도 따뜻하게 사랑을 베푼다면 내리사랑으로 가정이 화목한 가정이 되리라 생각하며, 다른 사람들에게 귀감이 될 수 있는 가정, 다른 사람들이 부러워하는 가정, 다른 사람들이 본받았으면 하는 가정 이루어서 오복이 철철 넘쳐흐르고 평생 행복을 가득 누릴 것을 기원드립니다.

주례사 34

넥 타 이

제가 "넥타이"라는 정하선의 시 한 편을 낭송을 하여
드리고 거기에 몇 마디만 덧붙여 주례사를 하겠습니다.
그럼 먼저 시를 낭송을 해드리겠습니다.

넥 타 이

정 하 선

결혼은 넥타이
조금 뻑뻑한 행복

왠지 목을 조이는 느낌은
길이 된다
더러는 바람에 날리는 산뜻함은
길이 된다
어쩜 와이셔츠만 입으면 허전할 뻔한
귀찮긴 해도 넥타이 매야 마음이 놓이는 길들

단단해 보이게끔 매어진 매듭
한쪽 끝 빠지고 나면
힘없이 스르르 풀려버리고 말 것
헐렁하게 목단추 풀고 나면
길은 넓게 보여도
한쪽 끝 빠지고 나면 모든 것
힘없이 스르르 풀려버리고 말 것

이런 시입니다. 원래 넥타이는 하나로 된 끈입니다. 이 것은 마치 두 분을 하나로 묶어 부부라는 인연으로 연결한 신이 만들어놓은 감추어진 보이지 않는 끈과 같은 것입니다. 앞에서 보면 두 가닥을 고를 내어 묶어놓은 것입니다. 이것이 바로 이 세상에서 결혼을 하는 이치와 꼭 같은 것이라 나는 생각을 합니다. 결혼을 하면 조금 뻑뻑한 때도 있을 것이며 목을 살짝 조이는 갑갑함을 느낄 때도 더러는 있을 것입니다. 때로는 산뜻한 멋이 날 때도 있을 것입니다. 이런 것들이 마치 넥타이와 같다고 생각을 합니다. 그러나 한쪽이 빠지고 나면 다른 한쪽만으로는 제 구실을 못하는 물건이 되고 말 것입니다. 조금 불편함이 있더라도 모든 것을 이해하고 길을 만들어 간다면 그땐 아주 멋있는 잘 어울리는 부부가 되리라고 생각을 합니다.

옛날에 경상도와 전라도에 효자가 각각 한 사람씩 살

고 있었다고 합니다. 경상도 효자보다 전라도 효자를 더 효심이 깊은 효자라고 사람들이 얘기를 했다고 합니다. 경상도 효자가 자기는 부모님에게 부족함 없이 해드리고 있는데 전라도 효자는 뭘 어떻게 하기에 그런 칭찬을 받을까 궁금하여 하루는 전라도 효자를 찾아갔다고 합니다. 그런데 가서 보니까 아들이 세숫대야에 발을 담그고 있고 늙은 어머니가 아들의 발을 씻어주면서 아주 편안해 하고 행복해 하더랍니다. 이것이 부모의 마음입니다. 부모님의 마음을 가장 기쁘게 해드리는 것, 이것이 가장 좋은 효도라는 것입니다. 만약 자식이 경제적으로 넉넉히 살지도 못하면서 부모님에게 맛있고 좋은 음식이나 좋은 옷 비싼 물건을 자주 사서 드린다면 부모는 그런 효도를 받아도 마음이 편치 않고 오히려 불편할 것입니다. 효도도 분수에 맞게 해야 한다고 저는 생각을 합니다.

연말이 얼마 남지 않았습니다. 여기 계신 모든 분들 연말 잘 보내시고 더욱더 행복하고 아름다운 새해 맞으시길 기원하면서 이만 주례사를 마치겠습니다.
대단히 감사합니다.

로또복권 Ⅰ

부부로 만난다는 것은 로또복권에 당첨되는 것보다 더 어려운 것입니다. 로또는 800만 분의 1이라고 합니다. 그런데 부부로 만난다는 것 세계 인구가 70억이라고 합니다. 그중에 한 사람과 만나는 것이 부부입니다. 얼마나 귀중한 인연입니까. 그처럼 귀중한 사람과 평생을 함께 살기로 서로 약속을 하는 결혼을 합니다.

이왕이면 평생을 함께 살 바엔 서로가 서로를 평생 둘도 없는 귀중한 사람으로 마음속에 품어, 아끼고 아끼면서 살아야 하지 않겠습니까. 만지면 달아질 세라 불면 날아갈 세라 애지중지하면서 살아야 하겠지요. 그러나 사람살이가 어디 그렇게 말처럼 되는 것입니까. 저 역시 말로는 이렇게 하고 있지만 그렇게 살지는 못했습니다. 옛말에 혀 짧은 서당 선생님이 '나는 바담 풍 해도 너희들은 바담 풍 하면 안 된다'는 말이 있습니다. 제가 지금 그렇습니다만 여기 서 계신 신랑과 신부는 그렇게 살려고 노력해 주신다면 주례로서 그보다 감사할 일은 따로 더 없겠습니다.

로또에 당첨되면 무엇을 하시겠습니까. 집을 사고, 부부가 여행을 가고, 부모님께 맛있는 음식 사드리고, 또 불우이웃을 위해서 성금도 내고 싶겠지요. 이런 마음을 바로 두 분이 실천해 나가는 것입니다. 두 분은 이미 로또보다 더 좋은 로또에 당첨이 되었으니 말입니다.

습관이라는 것이 있습니다. 세 살 버릇이 여든 간다는 말이 있습니다. 결혼 생활도 마찬가지입니다. 결혼 초 버릇이 평생을 가는 수가 많습니다. 두 분 사랑하는 것, 효도하는 것, 이런 것들도 처음부터 마음 가다듬어 자신을 잘 길들여 나가야 하리라 생각을 합니다. 특히나 언어에 신경을 써야 하리라 생각을 합니다. 요사이 보면 흔희들 남편을 오빠라고 하는 젊은이들이 많이 있는데 이 말은 말도 아닌 말이라는 것을 알고 그런 말은 행여나 쓰지 않아야 할 것입니다. 또 남편을 아빠라고 하는 호칭을 쓰는 젊은이들도 간혹 보았는데 이것은 정말 어불성설의 말입니다. 꼭 아빠라는 말을 쓰고 싶으면 아이를 낳은 뒤에 아이의 아빠라고 해야 할 것입니다.

물론 여기 서 계신 두 분은 그러지 않으리라 믿습니다만, 노파심에서 말씀을 드리는 것입니다. 집안 형편에 따라서 또는 가문의 풍습, 지방의 풍습에 따라서 약간의 차이는 있겠습니다만, 서로가 서로를 여보나 당신으로 높여 호칭하고 부르는 것이 당연한 언어활동이면서 가장 좋은 아름다운 말이라 생각하고 권해드리고 싶습니다. 특히나 이 부분은 양가 부모님께서 신랑과 신부가 신혼여행에서 돌아오는 첫날 호칭에 대해서는 어떻게 부르라고 말을 해주시는 것이 좋으리란 생각을 합니다. 부모님께서는 잊지 마시고 꼭 호칭에 대해서만은 말씀을 해주시길 부탁 드립니다.

로또복권 II

나는 이런 생각을 해본 적이 있습니다. 로또에 한 번 당첨이 된다면 얼마나 좋을까 하는 생각입니다. 물론 나뿐만 아니라 여기 계신 모든 분들이 그런 생각을 해보았으리라 생각이 듭니다. 그런데 그다음 생각이 중요합니다. 나는 이미 로또보다 더 좋은 복권에 당첨이 되어서 살고 있다는 생각입니다. 세계 인구 약 70억 중에서 한 사람인 아내를 당첨이 되어서 평생을 함께 하면서 살고 있고 또 거기에다 눈에 넣어도 아프지 않을 자식과 손자 손녀들 이런 것이 바로 내가 당첨된 로또가 아닌가, 이런 생각입니다.

여기 서 계신 신랑과 신부님 역시 오늘 로또보다 어려운 로또에 당첨이 되어서 신랑은 신부를 신부는 신랑을 만나게 되었습니다. 바로 대박 인생역전의 날이 오늘입니다. 로또에 당첨이 되면 그 복권을 어떻게 할까요. 돈과 바꾸기 전에는 보고 보고 또 보고, 만지고 만지고 또 만져보고, 혹 잘못하면 닳아질까 잘못하면 찢어질까 정말 조심조심할 것이고 소중하게 간직할 것입니다. 오늘 여기서 계신 신랑과 신부님 로또에 당첨은 되었지만 아직 돈과 바꾸지는 않았습니다. 돈과 바꾸지 않은 로또는 어떻게 간직할까요. 그렇지요 보고 또 보고 또 보아도 다시보고 싶고, 만지고 또 만지고 또 만져보아도 다시 만져보고 싶고 행여나 잘못하면 닳아질까 행여 잘못하면 찢어질까 평생을 돈과 바꾸지 않은 당첨된 로또로 알고 살아가시기 바랍니다.

서로가 서로를 바꾸지 않은 로또처럼 생각하고 살아가려면 내 마음을 죽여야 한다고 생각을 합니다. 부부간에항상 내 마음을 죽이려 노력을 아니, 습관을 들이시기를부탁합니다. 부모님에게도 역시 내 마음을 어느 정도 죽이고 대하신다면 큰 효도를 할 수 있는 효자효부가 되리라 내 생각을 말합니다.

그러나 건강에 만큼은 내 마음을 절대 죽이지 말고 항상 내 마음을 살려서 건강에 자신을 갖고 건강을 위해서힘쓰신다면 두 분의 가정을 모든 분들이 우러러 존경하고 흠모하고 본받고 싶어 하는 아름다운 가정 이룩하리라 믿습니다. 그런 부부가 되려고 평생 노력을 해주시기를 부탁드립니다.

부부가 서로 좋아하는 것과 싫어하는 것 설문조사에 대해서

5월 21일은 부부의 날이라고 사람들이 만들어 놓았습니다. 둘이 하나 된다는 21일, 이날 설문조사를 한 곳이 있었는데 배우자가 가장 싫을 때란 물음에서 남자나 여자나 꼭 같이 응답한 내용은 사사건건 잔소리를 늘어놓을 때, 집안일에 너무 신경 안 쓸 때 등이었다고 합니다. 특히나 남자는 여자의 잔소리를, 여자는 남자의 변해버린 성격을 가장 싫다고 했다고 합니다. 남자는 연애할 때의 마음을, 여자는 잔소리하지 않던 처녀 때의 마음을 가급적 유지하도록 힘쓰신다면 아마 서로가 서로를 아주 좋아하는 배우자로 생각을 하리라 생각을 합니다.

물론 사람살이 그리 쉽게 되는 것은 아니지만 그러나 그러려고 노력을 하는 것이 또한 사람이 살아가면서 해야 할 도리가 아닌가 하는 생각을 하면서 두 분께도 말씀을 드리는 것입니다.

'배우자가 가장 좋을 때는?' 이란 질문에는 남자나 여자나 둘 다 꼭 같이 배우자가 내 부모님께 잘할 때와 집안일에 신경 쓰고 잘해줄 때라고 했다고 합니다. 부부간에 이런 것이 좋은 부부가 되는 길이란 걸 말씀드립니다.

위의 말을 다시 한번 강조해서 말씀드리자면,

첫째 부부간에 서로 간섭을 하지 말라는 것입니다. 전체 생활의 10%만 간섭을 하시기 바랍니다.

둘째 남편이나 아내나 꼭 같이 집안일에 신경을 쓰시기 바랍니다. 이 부분은 전체 생활의 50% 이상의 비율을 차지하는 것이 좋겠지요.

셋째 신랑은 처갓집의 부모님께, 신부는 시가집의 부모님께 신경 쓰고 잘해드린다면 이 세상에서 제일 좋은 가정을 이루리라 생각하면서 말씀드리고 싶습니다.

새 며느리가 들어와서 부모형제와 친척, 이웃 간에 더 화목해졌다고 하는 말을 듣는다면 이보다 더 좋은 일이 없으리라 말씀을 드리고 싶습니다. 이런 부분 역시 신부 혼자의 힘과 노력으로는 되지 않는 것입니다. 신랑과 둘이 힘을 합하여야 된다는 것과 함께 부모님의 노력도 함께 합해져야 된다는 것도 덧붙여 말씀드리고 싶습니다.

배첩 [정하선의 詩]

'배첩'이라는 정하선 시인의 시 한 편을 우선 낭독을 해
드리겠습니다. 외워서 낭송을 해 드리면 더 좋을 것인데
시가 조금 길어서 이렇게 적어 낭독하는 것을 이해하여
주시길 부탁드립니다. 그러면 낭독을 해 드리겠습니다.

배첩 [褙貼]

정 하 선

아직 일러 문 열지 않은 고물상 앞
고물 가득 실은 리어카 옆
중년의 남자 하나 서 있다 검은 외투를 입은
외투 속 가슴속에 머리 하나 더 보였다
함께 고물을 주워 모으고 리어카를 끌며 밀며 왔을
찌그러진 작은 불평들 부서진 꿈 조각들 녹슨 추억들
두 사람 생도 저렇게 함께 얹어 끌며 밀며 왔을 것이다
흘렸던 땀 식고 와싹 추위가 덤벼들 때
둘의 마음이 동시에 입을 열었을 것이다
서로의 가슴에 서로의 가슴을 묻자고

서로의 날개죽지 속에 서로의 부리를 묻고
한겨울 이기는 전설 속 새처럼
추위는 아직도 살을 에이는데
눈발이 희끗거리는 희뿌연 아침
가로등이 비춰 주는 동그란 불빛에
하늘에서 내린 눈발들 안개꽃으로 보였다
안개꽃다발이 하트 하나 싸 안고 있었다
나는 오래된 풀로 그 그림을 배접하고 싶었다

※ 주 : "배첩" 정희승 『별자리못 전설』 선우미디어. 2008. 156p 만남
　십년을 묵힌 풀로 배접을 하여 표구를 하여야 좀이 슬지 않고 그 수명이
　천년을 간다.

　이렇습니다. 한 부부가 이른 아침에 고물상 앞에 고물
을 리어카 가득 주워다 놓고 서 있는데 날씨는 무척이나
춥고 아내가 떨고 있을 때 남편이 자기의 외투 속으로
아내를 껴안아 추위를 이겨내고 있는 것을 보고 쓴 시입
니다. 아마 이 부부도 처음부터 어려워 그런 고생을 하지
는 않았을 것입니다. 살다 보니 어려움이 잠시 찾아왔으
리라 생각이 듭니다. 부부란 한 번 부부의 연을 맺으면
아무리 어려워도, 행복해도 함께 세상을 헤쳐 나가야 한
다고 생각을 합니다. 이것이 부부의 정이고 의무이면서
책임이라고 나는 생각을 합니다. 그러면 그 결과는 더 행
복한 훗날이 기다려 주리라고 생각을 하며 말씀을 드립

니다.

생선가게에 가면 간고등어가 있습니다. 간고등어는 한 마리가 다른 한 마리를 꼭 껴안고 있습니다. 차가운 세상 같은 얼음 위에서 내 주장 같은 내장을 다 버리고 고통보다 더 짜디짠 소금 간을 하고 말입니다. 부부란 신랑이 이처럼 신부를 안아줄 때도 있어야 하겠고 또 때로는 신부가 신랑을 간고등어처럼 간 쓸개 다 빼고 안아줄 때도 있어야 하리라고 생각을 합니다

오늘 신랑 신부의 행복한 결혼을 위해서 애써주신 사회자, 도움을 주신 아름다운 학생들, 촬영팀, 축가와 연주팀에게 큰 박수 한 번 부탁드리며 제 주례사를 맺도록 하겠습니다. 감사합니다.

주례사 39

밥을 얻어먹는 부부가 되지 말고
밥을 사는 부부가 되십시오

여기 서 있는 신랑과 신부를 보니 인상이 남에게 술과 밥을 잘 사게 생겼습니다.

그렇습니다, 나는 두 분께 밥과 술을 얻어먹는 사람이 되지 말고 술과 밥을 잘 사는 부부가 되라고 말을 하고 싶습니다. 밥을 얻어먹는 부부가 되면 그것은 그만큼 능력이 없다는 뜻이 되겠지요. 그만큼 최선을 다하지 못하고 살았다는 뜻이 되기도 할 것입니다. 또 그만큼 남에게 베풀지 않았고 주변 사람들과 멀리 살았다는 말도 될 것입니다.

물론 살다 보면 잘 살다가도 고난이 올 때고 있을 수도 있을 수 있는 법입니다만 습관이 잘 몸에 배야 한다는 것을 말하고 싶어서 이런 말을 하는 것입니다. 밥과 술을 잘 살려면 호주머니에 돈이 없으면 사고 싶어도 사지 못할 것입니다. 이 뜻은 우선 부자가 되라는 말이기도 하겠지요. 그리고 남에게 덕을 베풀라는 말이 되기도 합니다. 그러면 그 외에 더 바랄 것이 무엇이 있겠습니까.

바로 행복한 가정이라는 같은 기호의 등식이 서겠지요. 이런 부부가 돼 주실 것을 말씀드립니다.

　신랑은 신부를 주인이라 생각하시고 본인은 종이라 생각을 하신다면 어떻겠습니까.
　반대로 신부는 신랑을 주인이라 생각하시고 자기 자신은 종이라 생각을 하신다면 어떻겠습니까. 이런 마음으로 평생을 함께 살아가신다면 그 또한 행복한 가정이 되는 길잡이라고 생각을 합니다.
　부부간에 항상 진실이 있으면 그것이 진실한 사랑이 되리라 생각을 합니다. 서로 아껴주는 마음과 서로 존경하는 마음, 이것이 마음속에서 저절로 일어난다면 그 마음이 바로 진실한 사랑이 되리라 생각을 합니다.

　가정은 이 세상 행복이 펼쳐질 첫 길입니다. 행복의 길, 첫 길을 자전거를 타고 간다고 생각을 해봅니다. 자전거는 바퀴가 두 개입니다. 바로 신랑이 하나의 바퀴이고 신부가 하나의 바퀴입니다. 두 바퀴가 보조를 잘 맞추어 나가야 합니다. 어느 한쪽이라도 정상 궤도를 이탈하면 그 가정의 행복은 탈이 나고 말 것입니다. 두 바퀴는 항상 꼭 같은 공기압을 유지해서 긴장을 어느 정도 팽팽히 유지하는 것도 좋으리라 생각을 합니다. 평생 행복의 길을 달려가 주시기를 빌면서 이만 제 말은 끝을 맺겠습니다. 오복이 가득한 가정 되시기를 빕니다.

인생은 맞지 않는 일기예보

요사이 일기예보는 잘 맞지 않습니다. 특히나 올해는 일기예보가 틀린 날이 너무나 많았습니다.

인생은 예측할 수 없는 일기예보와 같습니다.

날이 좋을 것이라 내 앞에는 좋은 일만 평생 있을 것이다. 나는 이렇게 생각하면서 살아왔습니다. 그러나 살아오면서 구름이 가득 끼거나 비바람 몰아친 날 진눈깨비 내리는 날은 나에게만 있는 것 같은 날이 너무나 많았습니다. 이것이 인생이라 생각합니다.

여기 서 계신 신랑과 신부님은 평생을 맑고 바람 상쾌한 날만 있으리라 생각합니다만 예측할 수 없는 일들이 인생길에는 있을 수 있다는 것을 알고, 혹시나 갑자기 소낙비 쏟아져 옷이 젖으면 서로 위로해 주고 따뜻한 마음으로 말려 주고 꽃이 피면 서로 꺾어 주며 마주 보고 웃고 이런 큰 힘의 동반자가 있다는 것을 인생에 가장 큰 행복으로 알아야 할 것입니다. 서로 힘을 합하여 인생길 가면서 혹 고난이 생기면 힘을 합하여 고난을 극복하고 서로 용기가 필요할 때는 용기를 불어넣어 불행을 행복으로 바꾸어 나가야 할 것입니다. 서로가 서로의 부족한 부분을 보충하여 주고 비가 오는 날은 서로가 서로의 우산이 되어 주고 땀이 흐르는 날은 손수건이 되어 주고 슬플 때는 눈물을 닦아주는 손등이 되어 주는 동반자가 되어서 평생 행복의 터전을 가꾸어 나가길 부탁드립니다.

가정은 모든 일에 구심점이고 원동력이라는 것을 알고 좋은 가정이 있어야 모든 일이 술술 잘 풀려나간다는 것도 함께 기억을 해주시길 바랍니다.

마음속에는 누구나 배우자와 부모님과 고향을 아끼는 마음이 있을 것입니다. 보모님들과 배우자와 내가 살고 있는 곳, 살았던 곳을 항상 생각하십시오. 오래오래 살다가 생을 마감할 때가 오면 부끄럼 없이 그곳으로 머리 두를 수 있는 분들이 되실 수 있는 삶을 살려고 노력을 해주실 것을 함께 말씀드리고 싶습니다.

봉 황 새

우리가 아는 새 중에서 으뜸을 고른다면 봉황새를 꼽을 수 있겠지요. 이 봉황새는 왕이나 대통령 문양으로 삼기도 하지만 결혼식에서 많이 쓰기도 합니다. 봉은 숫새고 황은 암새입니다. 숫새와 암새 두 마리를 합해서 봉황이라 합니다.

봉황새, 내가 젊었을 때였습니다. 결혼식 때 쓰는 봉황새를 많이 만들었습니다. 커다란 백문어 다리와 오징어를 칼로 오려서 한 쌍의 봉황새를 만들었습니다. 이렇게 만든 봉황새는 전통예식을 할 때 꼭 필요했습니다. 동래상이라는 예식상에 동백꽃나무와 함께 꽂았다가 신방에 모셔지고 뒷날 신랑댁으로 보내지는 아주 귀중한 결혼 음식이었습니다. 지금도 폐백에는 쓰고 있는 줄로 압니다만.

이 봉황새는 우리가 알기로 오동나무에 앉고 대나무 열매를 먹고 산다고 하지요. 대나무는 백년에 한 번 꽃이 피는데 그 열매는 우리나라에서는 보기 어렵고 열대지방에 가면 볼 수 있다고 합니다. 봉황은 태평성대에 단물이 나는 예천의 물을 먹고 산다고 합니다. 이 봉황이 대통령을 상징하는 무늬인 것처럼 귀와 부를 상징하지만 결혼식에서 쓰는 것은 이 외에도 부부금실을 상징하기 때문입니다. 봉은 숫새이고 황은 암새입니다. 합해서 봉황이 되는 것이지요. 이렇게 온 세상 사람들이 선망의 새로 아는 봉황도 따로 떼어놓으면 '봉 잡았다' 할 때의 봉이 되고, '말짱 황이다' 하는 황이 되는 것입니다.

봉은 남에게 밥이 되는 것이 봉입니다. 황은 짝이 맞지 않는 골패짝을 황이라고 한답니다. 나는 골패를 잘 모르지만 아무튼 일이 잘못되면 황이라 하지요. 이렇듯 이 세상 최고의 새도 서로 암수가 나뉘면 별 볼 일 없게 되는 것입니다. 여기 서 계신 신랑과 신부 평생 봉황 같은 부부가 되시어서 금실은 물론이고 부와 귀, 모든 것을 다 누리시기를 기원합니다.

사람 인(人) 자

　사람 인(人) 자는 사람이 걸어가는 형상이라고도 하고 사람은 서로 기대야 산다는 형상이라고도 합니다. 특히나 한 사람이 한 사람을 기댄다거나 서로 받쳐주는 형상을 생각할 때, 이것은 바로 부부가 아닌가 하는 생각을 합니다. 신랑은 신부를 신부는 신랑을 받쳐주어야 하는 것, 바로 이것이 사람 인(人) 자가 나타내는 의미라는 생각을 합니다.

　우리가 삶을 영위해 나갈 때 가장 기본이 되는 곳이 가정이라 생각을 합니다. 가정은 모든 생활의 근본이고 기초고 주춧돌이며 또한 반석이라 생각을 합니다.

　빨리 돌아오고 싶은 따뜻하고 포근한 가정, 편하게 쉴 수 있다는 생각이 드는 곳이 집이란 것은 기정사실입니다. 신랑도 신부도 두 분 꼭 같이 어느 누가 밖에 나갔다 들어오든지 간에 위와 같은 생각이 드는 가정, 이런 가정이 꾸며진다면 그보다 더 좋은 가정은 없으리라 생각을 합니다.

남자는 자존심으로 산다고 합니다. 밖에서 잘되려면 신부가 신랑의 자존심을 세워주어야 할 것입니다.

　미국의 대통령 부인 힐러리 여사는 이렇게 말했다고 합니다. 내가 만약 첫사랑과 결혼했다면 미국의 대통령이 바뀌었을지도 모른다고 말입니다.

　이 말이 바로 내조를 말하는 것이라 생각을 합니다. 신부가 신랑의 성공과 성패의 길을 안내하는 것이라 말해 주는 것이 아닐까 하는 생각을 합니다. 신랑이 집에서 나갈 때 신부에게 기가 죽어 나가면 그날은 밖에서도 기가 죽을 수밖에 없을 것입니다.

　반대로 신랑과 신부의 입장을 바꾸어놓고 생각해 보아도 결과는 마찬가지가 되리라고 생각을 합니다. 신부가 집에서 나갈 때 신랑 때문에 기가 죽어 나간다면 밖에 나가서도 하루종일 기가 죽어 일을 제대로 못할 것입니다. 신랑과 신부 두 분 다 서로의 기를 살려주는 부부가 되어서 행복한 가정 이루기를 부탁드립니다.

비 오는 날 결혼식 Ⅰ

'녹음은 꽃보다 좋다' 라는 말이 있습니다. 이런 젊음이 팔팔한 계절, 길일 중에 길일을 택하여 결혼식을 올리는 신랑과 신부, 혼주댁 양가에 진심으로 축하의 말씀드립니다. 아울러 공사다망 하심에도 이 결혼을 축하하여 주시기 위하여 자리를 빛내주신 하객 여러분에게 혼주댁을 대신하여 깊은 감사의 뜻 전합니다.

오늘은 비가 옵니다. 지금 오는 이 비는 녹음을 살찌게 해줄 것입니다. 이런 단비·복비·덕비가 내리는 날, 결혼식을 올리는 신랑과 신부에게 나는 진심으로 좋은 날을 택하였다고 말씀을 드리고 싶습니다.

물론 비가 오면 우리의 일상생활에 비가 오지 않는 날보다는 조금 불편함이 있을 것입니다. 그렇다고 항상 비가 오지 않으면 어떻게 될까요. 평생 맑은 날만 계속된다면 이 세상은 사막이 되고 말 것입니다. 이 세상이 다 사막이 된다면 우리는 살 수가 없을 것입니다. 사람이 가는 길에도 계속 좋은 날만 계속된다면 결국은 무미건조

한 날들만 사막처럼 펼쳐지리라 나는 생각을 합니다. 여기서 계신 신랑과 신부의 앞날에도 좋은 날이 계속되리라 생각합니다만, 만약 계속 좋은 날만 계속된다면 우리가 생각하기엔 그것이 최고로 행복할 것 같지만, 꼭 그렇지만은 않으리란 생각도 듭니다. 맑은 날만 계속된다면 결론에는 이 세상은 다 사막이 되고 말 것이라고 말씀을 드렸습니다. 좋은 날만 계속된다면 얼마 가지 않아서 마음이 나태해지고 그로 인해서 덜 행복한 날이 찾아올 지도 모릅니다. 가끔은 비가 오는 날이 있어야 우리의 삶은 더 활기찬 삶이 되리라 생각을 합니다.

인생길 가다가 비가 오는 날을 만나면 그때는 조금 불편하고 작은 고통이 있을지라도 그것은 두 분의 앞날에 더 활기찬 삶을 주기 위하여 하늘이 주신 복비라 생각을 하여 주신다면 두 분은 더 행복한 뒷날을 기약할 수 있으리라 생각을 합니다. 물론 나도 그렇게 살았느냐고 물으신다면 할 말이 없습니다만, 만약 그렇게 살았다면 지금 이 자리에 서 있지도 않았을 것입니다. 예수나 석가처럼 세계적인 성인이 되어 세계인의 추앙을 받으면서 어느 성지 높은 곳에서 많은 제자들과 함께 하고 있겠지요. 그러나 그렇게 살지 못하였기에 이런 말씀을 드리고 있는 것이라고 생각을 하여 주신다면 훨씬 더 쉬운 답변의 말이 될 것입니다.

두 분 살아가면서 조금이라도 고통스러운 때 혹시 만나면 이 주례의 말을 기억하시고 용기를 내서 꿋꿋하게 그 고통의 시간을 넘기고 다시 행복한 날을 찾기 위해서 노력한다면 그에 대등한 행복한 날이 찾아오리라 생각을 하며 말씀을 드리고 싶습니다. 이것이 우리들 평범한 사람들이 이야기하고 지켜나가고 싶어 하는 진리라는 것도 함께 기억하여 주시길 부탁드립니다.

비 오는 날 결혼식 II

오늘은 비가 옵니다. 신랑과 신부 그리고 혼주댁 양가께서 혼례 준비하는데 비가 와서 조금 불편하셨으리라 생각합니다. 그리고 하객 여러분들 이 복스러운 결혼식을 축하하여 주기 위하여 오시는데 조금 불편하셨으리라 생각을 합니다.

그러나 비가 오면 행사에 조금 불편할 뿐인 것입니다. 비가 와야 이 세상 온갖 만물이 소생을 하고 자랄 수가 있는 것입니다. 나무들도 동물들도 사람도 비가 오지 않는다면 살아갈 수가 없을 것입니다. 나는 비는 언제나 복비라고 생각을 합니다. 오늘 오는 비도 복비라고 생각을 합니다. 우리가 날이 좋은 것을 바라서 날 좋은 날이 계속 몇 년 간 이어진다고 생각을 해봅시다. 그때는 이 지구는 다 사막이 되고 생각만 해도 상상할 수 없을 만큼의 일이 일어날 것입니다.

오늘 여기 서 계신 신랑과 신부의 앞날에도 날 좋고 향기로운 날이 많으리라 생각하지만 그러나 비 오는 날,

조금쯤 생에 괴로운 날이 더러는 있을 수도 있을 것입니다. 이때는 오늘 결혼을 하는 날을 기억해주실 것을 말씀드립니다.

결혼식날 비가 왔지만 주례는 조금 불편하기는 해도 비가 오는 것은 복비라고 말을 했고, 다음날부터 행복하고 즐거운 날들이 계속되었다는 것을 생각하십시오. 괴로움은 조금 불편함은 될 수 있어도 좋지 않은 것은 아니라는 생각으로 그때를 넘기고 바로 뒷날은 더 행복한 날들이 두 분의 앞날을 장식해 주리라 생각하며 말씀을 드리니 기억하여 주시길 부탁합니다.

혹시나 그런 날이 오면 두 분은 서로가 서로를 우산이 되어서 비 가림을 해드리고 서로 사랑하는 마음으로 감싸 안아서 행복을 찾아주실 것을 함께 말씀드립니다. 신랑은 신부가 평생 행복의 웃음꽃을 피우도록 비 같은 존재가 돼 주시고 신부는 신랑이 성공의 열매를 주렁주렁 매달도록 비 같은 존재가 되어 주실 것을 부탁드립니다.

다음은 효도에 대해서 한 말씀 드리겠습니다. 두 분이 태어나서 지금 까지 자라온 것을 나무에 비유를 해 본다면 두 분의 어깨에 앉은 먼지를 씻어주고 두 분이 지금 까지 자라온 자양분이 된 것은 바로 비 같은 부모님이었으리라 생각을 합니다.

그러나 이제는 두 분 결혼을 하시고 가정을 이루게 됩니다. 이제는 역할을 바꾸어서 부모님이 나무라 생각을

하시고 두 분이 비가 되어야 할 것입니다. 결과적으로 신
랑은 처부모님에게서 사랑받는 사위가 될 것이며 신부는
시부모님에게서 사랑받는 며느님이 될 것입니다. 효성이
지극하다고 자자하게 소문난 좋은 가문을 이루리라 생각
합니다. 그런 부부가 되어줄 것도 함께 말씀을 드립니다.

※ [44의 주례사와 조금 비슷하지만 비 오는 날을 대비해서 두 편을 올립니다.]

혼인서약을 강조한 주례사

방금 여기 서 있는 신랑과 신부가 많은 하객을 증인으로 모시고 서로 혼인서약을 하였습니다. 나는 방금 한 혼인서약을 다시 한번 짚어가면서 그 내용을 강조해서 몇 마디 주례사를 하겠습니다.

신랑 ○○군과 신부 ○○양은 '서로 사랑하고 진실한 남편과 아내로서 도리를 다한다'고 서약하였습니다. 서로가 서로를 내 몸처럼 사랑하고 내 몸같이 아끼는 마음을 가져야 하리라 생각을 합니다. 내가 혹 잘못한 일이 있으면 나는 내 몸을 바로 용서할 것입니다. 그것이 바로 내 몸입니다.

다음은 진실한 남편과 아내로서의 도리를 다해야 할 것입니다. 남편은 남편으로서 해야 할 일과 책임을 다해야 할 것이며 아내는 아내로서 해야 할 일과 책임을 다해야 할 것입니다. 다음은 '어른을 공경하고'입니다. 진심으로 어른을 공경해야 할 것입니다. 내 부모님을 공경하는 사람이 다른 어른들도 공경할 것입니다. 지금은 어른을 어른답게 생각하지 않는 일들이 소수이긴 하지만 간혹 있습니다. 진심으로 우러나오는 마음으로 어른을 공경하는 부부가 돼 주실 것을 말씀드립니다.

김구 선생님은 어떤 사람의 주례를 서면서 '너를 보니 꼭 네 아비를 보는 것 같구나' 하셨답니다. 단 한 마디였지만 그 속에는 아주 많은 내용이 포함되어 있다고 나는 생각을 합니다. 우선 감개가 있고, 그 아버지처럼 잘 났고, 그 아버지와 같은 정이 느껴지고, 아들은 아버지를 닮아간다는 말도 포함이 되리란 말도 될 것입니다. 그외에도 여러 의미가 있으리라 생각을 합니다.

얼마 전에 LS그룹 구태희 명예회장이 결혼 70주년을 맞았다고 합니다. 지금 연세가 87세이신데 17살에 중매 결혼을 하여서 결혼 생활 70년을 살아오신 것입니다. 그분은 결혼생활을 하면서 '가족끼리도 서로 예의를 지키고 존경하라'고 하였다고 합니다. 서로에 대한 존경과 배려가 성공한 가정을 만들었다고 생각을 합니다. 참고로 한 말씀만 더 보탠다면 구회장님은 6남매 부부가 2달에 한 번씩 모여 식사하는 모임이 있는데 일인당 식사비 3만원을 넘지 않는 모임이라고 합니다. 그렇게 부자로 살면서도 오직 가족의 친목을 도모하는 모임을 위해서 만든 규약이라 생각합니다. 행복한 가정과 친목을 도모하는 데는 부담이 없는 모임을 가지는 것도 좋은 방편이라고 생각을 하면서 참고로 말씀을 드렸습니다.

월드컵 경기 같은 응원을

지금 온 나라가 아니, 전 세계가 월드컵경기로 화끈화
끈 달아오르고 있습니다. 자기 나라를 위해서 총력을 다
하는 선수들을 위해서 응원의 열기가 정말 뜨겁습니다.

오늘 결혼을 하시는 신랑과 신부는 이제 새로 이룬 가
정을 위해서 세상의 경기장에 나가 평생을 열심히 뛰어
야 할 것입니다. 세상의 경기장에서 삶의 경기를 열심히
뛸 때 신랑은 신부의 응원을 열심히 하여야 할 것이며
신부는 신랑을 열심히 응원을 하여야 할 것입니다. 선수
와 응원하는 사람이 공감을 하여야 아주 좋은 경기장이
되리라 생각합니다.

신랑은 신부에게 공감을 하고 신부는 신랑에게 공감을
하여야 하며 신랑은 신부를 이해하고 신부는 신랑을 이
해하여야 할 것입니다. 두 분 다 평생을 좋은 경기를 하
리라 믿습니다만 만약 좀 부진한 경기를 하거나 경기가
잘 풀리지 않을 때가 있다 하더라도 그때도 진심으로 사
랑하는 마음으로 진심으로 아껴주는 마음으로 진심으로

이해하고 배려해 주는 마음으로 더 열심히 응원을 해 주신다면 그 결과로 두 분은 머리에 황금의 월계관을 쓰고 행복한 웃음을 웃는 날들이 함께 하리라 믿습니다. 내가 월드컵과 연계해서 결혼식 주례사를 하는 것은 지금이 월드컵 기간이고 월드컵 기간 중에 결혼을 했다는 것을 평생 잊지 않는다면 내가 한 주례사도 평생 잊으리라 생각하고 이 주례사를 한다는 것을 말씀드립니다.

다음은 건강에 대하여 한 말씀 드리겠습니다. '바닷가에 사는 사람은 파도소리를 듣지 못한다'는 말이 있습니다. 우리는 건강하기 때문에 건강에 리듬이 깨지는 파도소리를 듣지 못할 수도 있을 것이라고 나는 생각합니다.

건강에 파도소리를 잘 들을 수 있는 훈련도 평상시 함께하여 나간다면 두 분은 오래오래 건강한 삶을 누리리라 믿으며 말씀을 드립니다.

주례사 47

장애인 부부 결혼식에서

나는 오늘 여기 서 계신 신랑과 신부의 결혼식에 오면서 어떤 이야기를 하여 드려야 정말 축하하는 말이 될 것인가, 두 분이 평생 기억하고 마음에 아름답게 담고 살아갈 것인가, 하는 생각을 하면서 걸어왔습니다.

우선 어려운 역경을 딛고 꿋꿋이 지금까지 훌륭하게 살아오시고 이제 결혼을 하시는 두 분께 진심으로 축하를 드리고 싶습니다.

두 분은 사랑을 하십시오. 물론 사랑을 하고 계실 줄 믿습니다. 그러나 '진실로 사랑을 하십시오' 라고 말을 하고 싶습니다. '눈에 콩깍지가 씌었다'고 하는 말이 있습니다. 사랑을 하면 그 사람의 아름답고 예쁜 모습만 보일 것입니다. 그러다 사랑이 식어지면 아름답고 예쁜 모습은 하나도 보이지 않고 미운 구석만 보일 것입니다. 이것이 서양식 사랑이라고 나는 말을 하고 싶습니다. 이런 서양식 사랑을 하지 말고 두 분은 동양식 사랑, 한국식 사랑을 하시라고 말하고 싶습니다. 한국식 사랑은 정입니다.

예쁜 모습도 모습이지만 미운 모습도 연민의 정으로 볼, 안쓰러워 도와주고 싶어 하는 마음, 이것이 바로 정이라 생각을 합니다. 정으로 하는 사랑이 오래오래 가는 것입니다.

나는 분재를 좋아합니다. 가끔 분재 전시장에 가보면 그렇게 아름다운 나무가 이 세상에 또 있을까 싶을 정도의 나무들을 많이 보았습니다. 한 그루에 수천만 원 또는 수억 원하는 분재가 많이 있다고 합니다. 아무리 좋은 나무의 목재도 목재로서는 그렇게 비싼 나무가 없으리라 생각을 합니다. 온몸으로 아픔을 견뎌내며 가지를 잘라내고 뿌리를 잘라내는 고통을 겪으면서 제 몸을 아름답게 만들었기 때문에, 최선을 다해서 제 능력을 가꾸었기 때문에 그렇게 값비싼 나무가 되었으리라 생각을 합니다.

여기 서 계신 두 분 꼭 좋은 분재같은 아름답고도 값어치 있는 자신을 가꾸어 나가십시오. 결혼 생활 역시 아름다운 한 쌍의 연리목 분재처럼 가꾸어 나가실 것을 권유드립니다.

합동결혼식

1. 맞절은 함께 시킨다.
2. 혼인서약은 서 있는 순서로 받는다.
3. 성혼선언문도 서 있는 순서대로 한다.
4. 혼인서약과 성혼선언문을 한 쌍씩 해준다.

오늘 길일 중에 길일을 택하여 동시에 화촉을 밝히는 신랑과 신부님들 그리고 신랑과 신부댁 혼주님들께도 진심으로 축하의 말씀드립니다.

아울러 공사다망함에도 이 결혼을 축복하여 주시기 위하여 자리를 빛내주신 하객 여러분에게도 혼주댁을 대신하여 깊은 감사의 뜻 전합니다.

오늘 많은 친척과 하객들을 증인으로 모신 이 자리에서 진실한 사랑과 서로를 존중하고 어른을 공경하며 진실한 남편과 진실한 아내로서 도리를 다 할 것이라는 혼인 서약을 하였습니다. 그리고 제가 주례라는 이름으로 성혼선언문을 낭독을 하여 드렸습니다. 지금 한 이 혼인서약과 성혼선언문은 법적 문서보다 더 단단한 효력을 가지고 있는 양심과 도덕의 문서라고 나는 말을 하고 싶습니다.

천생연분으로 맺어진 인연이 결혼이라고 합니다. 하늘이 맺어준 인연, 얼마나 소중한 인연입니까. 하늘이 인연을 맺어줄 때는 평생을 함께 행복하게 서로 깊이깊이 사랑하면서 살아가라고 맺어 주었다고 나는 생각을 합니다. 하늘이 맺어 준 인연을 약속을 성실히 이행하지 않는다면 하늘이 가만있지 않으리라 생각을 합니다.

부부 간에는 절대 다른 사람과 비교를 금하는 보이지 않는 법이 있다는 것도 함께 말씀을 드리고 싶습니다. 어떤 부부들보다도 오늘 이 자리에서 합동으로 결혼을 하시어 부부가 되신 부부님들께서는 이 점을 꼭 명심하시어 이 세상 어떤 가정보다도 더 아늑하고 폭신폭신하며 빛나는 가정 만들어 주실 것을 부탁드립니다. 특히나 어려움으로 기초를 마련하면 그 기초는 다른 어떤 기초보다 더 단단한 기초가 되리라 생각하며 그 단단한 기초 위에 아주 훌륭한 가정을 행복한 대궐을 건축하실 것을 부탁드립니다.

참고로 호칭에 대해서 한 말씀 드리겠습니다. 물론 여기 서 계신 신랑이나 신부는 그러지 않으리라 생각합니다만 혹시나 하는 마음에서 말씀드립니다. 우리 주위에서 보면 젊음 분들이 가끔 신랑을 오빠라고 하는 분들이 있는데 오빠라는 말은 남매간에 쓰는 호칭입니다. 남매간에 결혼을 하는 사람은 이 세상 어디에도 없을 것입니다. 여기 서 계신 신랑과 신부님들은 당신이나 여보 등 아름다운 말을 써 주실 것을 부탁드립니다.

오늘 여기서 함께 결혼을 하시는 신랑과 신부님들은 일란성쌍둥이와 같이 이 세상에 부부로 태어납니다. 적어도 일 년에 한 번쯤 결혼기념일에는 함께 만나서 간단히 식사라도 하면서 서로 열심히 아름답게 사는 모습도 공유하는 것이 좋으리란 생각도 합니다. 참고 삼아 주실 것도 함께 말씀을 드립니다.

재혼을 하시는 분께 하는 주례사

※ [나는 실제 재혼을 하시는 분의 주례 진행을 해본 일이 없으나 여기 참고
　삼아 한 편을 써봅니다.]

※ [이 글을 이 책에 써야 하나? 하는 번민을 많이 하였으나 책의 한 페이
　지를 꾸미기 위하여 간단히 한 편 올려놓기로 하니 허물을 허물이라 생
　각하시지 말고 보아주시면 감사하겠습니다. 그리고 이런 주례사는 쓸 일
　이 없기를 바랄 뿐이라는 것도 여기 함께 덧붙입니다.]

※ [자세히 기억은 나지 않지만 인터넷에서 본 것 같은데 재혼을 하는 분의
　주례를 보면서 주례를 선분이 이런 주례사를 하였다고 합니다. 여기선
　신랑과 신부의 결혼에 의의가 있으신 분이 있다면 지금 이 자리에서 말
　씀을 하십시오. 하는 주례사를 했다고 합니다.]

　어제는 비가 왔는데 오늘은 날씨가 참 맑고 좋습니다.
　사람이 살아가는 것도 이와 비슷한 일이 있을 수도 있
겠지요, 내 뜻과 다르게 비가 오는 날이 있는가 하면 또
말끔히 갠 날이 그다음에는 찾아오기도 할 것입니다.

　오늘 여기 이 자리에 드레스와 예복을 입으신 두 분은
본의 아니게 이미 상처가 있으신 분들인데 그 상처를 치
유할 수 있는 자리를 오늘 갖게 되었습니다.
　비 온 뒤에 땅이 더 굳어진다는 말이 있습니다.

상처 위에 돋은 새살이 더 깨끗하다는 말도 있습니다.

두 분은 이미 좋은 날과 아픈 날의 경험을 하였습니다. 지나간 경험을 교과서 삼아 앞으로는 더 좋은 날들을 만들어가실 것을 부탁드립니다. 새살이 돋으면 상처는 보이지 않겠지요. 잊어지지는 않겠지만 가급적 과거는 빨리 잊으십시오. 새로운 가정을 꾸미는데 전념을 하신다면 옛날보다 더 아름다운 가정을 빨리 만들어 행복한 생활을 할 수 있을 것입니다. 우리 주위에 보면 여기 선 두 분과 같은 분들을 간혹 보는 수가 있는데 그분들 열심히 어느 누구보다 행복하게 사는 것을 우리는 볼 수가 있었을 것입니다. 여기 서 있는 두 분도 그런 부부가 돼 주실 것을 말씀드립니다.

특히나 가까운 가족들 두 분의 삶이 행복할 수 있도록 많이많이 도와주실 것도 함께 부탁을 드립니다. 가까운 가족들의 도움이 두 분에게는 더 많은 힘이 되어서 행복의 두께가 되리라 생각을 합니다. 다시 한번 강조해 말씀드리고 싶습니다.

아무쪼록 행복하시고 더 행복하시길 빌면서 간단히 몇마디 주례사로 드리며 단상을 내려가겠습니다.

감사합니다.

※ [여기 주례사로 쓰긴 하였지만 이런 주례사는 쓸 필요가 없으리라 생각을 합니다. 다만 형식상 한 편 올려놓은 것일 뿐이라는 것을 말씀드리며 독자에게 양해를 다시 한번 구합니다.]

꽃샘추위는 경각심

여기 서 계신 신랑과 신부가 백 년이 가고 천 년이 가도 변함없는 사랑을 하자고 그리고 밤이나 낮이나 행복한 가정을 꾸미기 위하여 온 힘을 다하자고, 이 자리에서 약속을 하는 언약을 하였습니다.

이런 부부가 가시는 길 꽃들이 만발하고 새들이 즐겁게 노래하는 날들이 늘 항상 함께 하리라 생각을 합니다. 그런데 엊그제 꽃이 만발하자 꽃샘추위가 찾아오는 것을 보았습니다. 꽃샘추위가 온다고 해서 그 해 열매가 열지 않는 것도 아니고 가을에 풍성한 수확을 하지 않는 것도 아닙니다. 다만 꽃샘추위는 나른한 봄에 나른해지기 쉬운 우리에게 작은 경종을 울려주기 위해서 오는 추위라고 나는 생각을 합니다.

여기 서 계신 신랑과 신부의 앞날에도 행복한 날들만 계속되리라 생각합니다만, 행복이 계속되면 나태하여질까 보아 꽃샘추위 같은 추위가 찾아올 날이 있을지도 모릅니다. 이런 추위가 찾아오면 겨울의 혹한보다 더 추운 추위가 느껴질지도 모릅니다. 하지만 꽃샘추위라는 것을 잊지 말고 서로 지혜와 힘을 합하여 그 추위를 이겨내신다면 다음에는 더욱 행복한 날들이 평생을 함께 하리라 생각하며 말씀드립니다.

행운과 행복

여기 계신 신랑과 신부님은 오늘을 평생 잊지 못할 것입니다. 행복을 키워 나갈 한 가정을 이룬 오늘을 어찌 잊겠습니까. 오늘을 잊지 못하는 날로 만드는 두 분, 평생 오늘을 생각하면서 행복을 만드는 데 소홀해서는 안 될 것입니다.

'사랑을 해서 결혼하는 것이 아니고 사랑하기 위해서 결혼을 하는 것이다' 라고 생각하고 살아가야 하는 것입니다.

네잎 클로버는 행운이라고 합니다. 세잎 클로버는 행복이라고 합니다. 행운은 찾기가 쉽지 않지만 행복은 찾기가 쉽습니다. 우리 주위에 찾기 쉬운 행복을 많이 느끼며 공유하며 살아가는 부부가 될 것을 부탁드립니다. 행복은 사랑입니다. 영어로 clover는 클로버입니다. 여기서 앞에 c자와 뒤에 r를 빼면 러브(love), 즉 사랑만 남습니다. 행복 속에는 사랑이 있는 것입니다. 바꾸어 말하면 사랑이 앙꼬로 들어가야 행복이 되는 것입니다. 두 분 사랑을 하십시오. 그것이 바로 행복입니다.

오늘, 여기 서 계신 신랑과 신부님은 아주 잘생긴 미남이고 미녀입니다. 나는 이렇게 잘생긴 신랑과 신부의 주례를 보게 되어서 참 행복합니다.

그러나 하느님은 인간의 미모를 보지 않는다고 합니다. 마음을 본다고 합니다. 마음이 예쁘면 그 사람이 미인인 것입니다. 마음이 아름다운 미인이 되실 것을 부탁드립니다. 참 어려운 일이 될 것입니다. 평생 마음이 아름다운 미인이 되기 위해서 노력을 해야 한다고 생각을 합니다.

잘살고 있다는 말

10월 18일이 무슨 날인지 혹 아는 분 계십니까.

그날은 내가 아는 분이 결혼한 날입니다.

나는 지난 주에 여기 결혼 주례를 보려고 왔었습니다.

그런데 어떤 새댁이 인사를 하였습니다.

저는 기억이 안 나는 표정으로 인사를 받았습니다.

"선생님이 저의 결혼 때 주례를 서 주셨습니다. 저희들 지금 잘살고 있습니다." 라고 하였습니다.

저는 "아! 그래요 감사합니다. 그리고 못 알아보아서 죄송합니다." 하였더니 "아니예요, 그 많은 사람을 어떻게 기억하시겠어요." 하는 거였습니다.

몇 년 되었냐고 했더니 4년 전이었다고 하였습니다.

나는 그분이 나를 알아보고 인사를 하는 것도 좋았지만 지금 잘살고 있다고 하는 말이 정말 눈물이 나도록 좋았습니다.

내가 주례를 봐드린 분이 10년 후에도 100년 후에도 "잘살고 있습니다." 하는 말을 해 주신다면 정말 좋겠습니다. 그것이 내가 바라는 진심으로 바라는 말입니다. 두 분이 나를 못 알아보시는 것은 아무 상관없습니다. 결혼 때 긴장이 되어서 다른 것도 기억이 잘 나지 않을 것인데 주례의 얼굴이 기억이 안 나는 것은 당연한 일입니다. 다만 나의 얼굴이 기억은 안 나도 나의 말을 기억해 주셔서 잘살고 있다면 그것이 정말 좋다는 것을 말씀을 드리려고 이런 긴 말을 하는 것입니다.

감사합니다.

새 다섯 마리

오늘 결혼을 하는 신랑과 신부님에게 한 가지만 물어보겠습니다. 혹시 결혼과 관련된 이미지의 새를 말하라고 하면 무슨 새를 말하겠습니까. 긴장된 자리라 생각이 얼른 나지 않을 것입니다. 원앙이지요. '결혼'하면 바로 금실 좋다고 하는 원앙 아닙니까. 오늘 여기서 결혼을 하는 두 분, 평생을 원앙처럼 금실 좋게 살라고 제가 원앙을 말씀드리는 것입니다. 기억해 줄 것을 부탁드립니다.

결혼식날 사람들이 좋아하는 새가 또 세 마리 있습니다. 이것은 신랑과 신부에게 물어보지 않고 내가 말을 해드리겠습니다. 무슨 새냐 하면 결혼식 잔치집에 오신 하객들이 좋아하는 새 두 마리를 우선 말씀을 해드리겠습니다. '먹세'와 '노세'입니다. 여기 이 예식장 음식 아주 맛있게 잘하는 집입니다. 오늘 하루 종일 맛있는 음식 많이 드시고 하루 종일 즐겁게 놀다 가시기 바랍니다.

그리고 한 마리 새는 신랑과 신부가 좋아하는 새입니다. 그 새는 바로 '자세'입니다. 정부는 지금 전기절약에 총력을 기울이고 있습니다. 오늘 저녁 정부의 에너지 절약 시책을 핑계 삼아 일찍 전기불 끄고 잠자리에 들기를 바랍니다. 자세가 두 분의 머리 위에서 훨훨 날아다니며 오색찬란한 꿈을 두 분께 선사해 줄 것입니다.

이렇게 해서 새 네 마리를 말씀을 해 드렸습니다. 그런데 넷이라는 숫자는 어딘가 조금 찜찜하지요. 우리나라 사람들은 1·3·5·7·9를 좋아하지요. 그래서 넷에 하나를 더 하여 다섯을 채우겠습니다.

다섯 번째 새는 바로 봉황입니다. 봉황새는 대통령의 문양으로 많이 쓰입니다. 결혼식 문양에 많이 쓰이는 새입니다. 봉황새는 부귀를 상징하기 때문입니다. 부부가 부귀하게 살라는 생각에서라고 생각합니다. 이 봉황새는 아주 귀한 새인만큼 앉는 자리와 먹는 것도 골라 먹는다고 합니다. 아무 나무에나 앉지 않고 오동나무에만 앉고, 아무것이나 먹지 않고 100년에 한 번 꽃이 핀다는 대나무 열매만 먹고 산다고 합니다. 아무 물이나 먹지 않고 태평성대에 예천에서 솟은 맑은 물만 먹고 산다고 합니다.

수새를 봉이라 하고 암새를 황이라고 한답니다. 둘이 합해서 봉황이 되는 것입니다. 그런데 따로 떼어놓고 생각을 해 보면 봉은 남에게 '봉 잡혔다' 할 때 쓰는 말입니다. 황은 바로 '황이다' 할 때 쓰는 말입니다. 황은 골패에서 짝을 짓지 못할 때 황이라고 한답니다. 따로따로 떼어놓으면 바로 봉 잡히는 봉이 되고 황이 되는 것입니다. 그처럼 부귀를 표상하는 고귀한 새도 따로따로 떼어놓으면 이처럼 별 볼 일 없는 것이 되는 것이지요.

두 분이 평생 떨어지지 않고 함께 살아야 봉황이 되고 부귀가 함께 해준다는 의도에서 말씀드리는 것이니 잊지 말고 꼭 기억해주실 것을 부탁드립니다.

사랑과 정과 책임감

부부란 사랑과 정과 책임감으로 평생을 살아야 한다고 나는 생각을 합니다.

사랑과 정은 어떻게 생각하면 비슷하게 생각이 됩니다. 그러나 조금 다르다고 생각을 합니다. 사랑과 정을 선을 쫙 그어서 다름을 표현할 수는 없지만 이미지로 표현을 하면 조금 다름을 알 수 있습니다. 나는 사랑과 정을 이렇게 생각합니다. 사랑을 꽃이라고 한다면 정은 열매(과일)와 같다고 생각을 합니다.

결혼 초에는 꽃같은 사랑을 하십시오. 살아가면서는 과일같은, 열매같은 정으로 살아가십시오. 평생을 책임감을 갖고 가정을 꾸미어가면 행복이 함께 어깨동무해 주는 가정이 되리라고 말하고 싶습니다. 서로 이해하고 배려하는 기본정신을 몸에 익혀야 사랑도 정도 책임감도 그 기본 위에 큰 기둥으로 설 것입니다. 그 기둥에 행복이라는 벽이 붙어서 바람과 비를 막아주는 아늑한 방 같은 가정이 되리라 생각한다는 말씀을 드리고 싶습니다.

건강에 대해서 한 말씀 드리겠습니다.

건강은 나 자신을 위해서도 소중하게 생각해야 하지만 가족을 위해서 정말로 소중하게 관리를 하여야 하는 것입니다. 내가 건강치 않으면 가족들의 고통이 말로 표현할 수 없는 큰 고통이 될 것입니다. 나의 건강도 중요하지만 가족들이 느낄 고통을 생각해서 건강을 꼭 챙겨야 하는 것입니다.

건강은 건강하려고 애쓰는 것보다는 건강에 해로운 일은 삼가는 것이 가장 좋은 건강관리라고 생각합니다.

여기 서 계신 신랑과 신부에게 딱 두 가지만 말하겠습니다.

첫째, 삼겹살은 사람에게 좋지만 어떤 분에게는 담배보다 해롭다고 합니다.

둘째, 홍삼도 인삼입니다. 인삼이 사람에게 좋다고는 합니다만 모든 사람에게 다 좋은 것은 아닙니다. 몸에 독약처럼 안 좋은 사람도 있다는 것을 말합니다.

※ [살이 많이 쪄서 비대한 사람의 결혼식에서 하는 주례사입니다. 단 독약처럼 조심히 쓰십시오.]

주례사 55

호칭, 그리고 헤어지면 안 되는 이유

예금통장을 보면 이런 문구가 있습니다.

"늘 처음처럼 소중하게 모시겠습니다. 이 예금은 예금
자 보호법에 따라 예금보험공사가 보호하되 보호 한도는
본 은행에 있는 귀하의……"

신랑과 신부는 서로 은행 예금통장의 문구에 있듯이
처음처럼 소중하게 모시고 항상 보호해 주어야 할 것입
니다.

여기 계신 신랑과 신부님은 효자효녀로 칭찬이 자자한
분들이기에 효도에 대한 말은 하지 않겠습니다. 다만 지
금보다 더 좋은 효도를 하려고 노력해 주시기 바랍니다.
효도 대신 호칭에 대해서 한 말씀 드리겠습니다. 오빠
나 아빠라는 호칭은 부부에게는 사용할 수 없는 호칭이
라는 것을 말씀드립니다. 오빠는 남매간에 아빠는 아버지
와 자식 사이에 쓰는 호칭이라는 것을 말하는 것입니다.

아빠란 말을 쓸 때는 아이를 낳은 후에 아이의 이름을 부른 후에 그 아이의 아빠라고 하면 말이 됩니다. 꼭 그렇게 해주실 것을 부탁드립니다.

　여기선 두 분은 평생 어떠한 일이 있어도 헤어짐만큼은 없으리라 생각합니다만 만약, 꼭 헤어져야 할 일이 생기면 여기 계신 모든 분들의 허락을 받고 헤어져야 한다는 것을 함께 말씀드립니다. 여기 계신 분들 모두 다 바쁜 일정을 제쳐두고 이렇게 오셨습니다. 왜 오셨는지는 아시지요. 두 분이 결혼식 증인으로 초청을 하였기에 오신 것입니다. 여기 계신 분들의 귀중한 시간을 할애 받았으므로 헤어질 일이 있으면 여기 계신 분들의 허락을 꼭 받아야 한다는 것입니다. 아울러서 축의금도 다 변상을 해드려야 합니다. 여기 오셔서 밥 한 그릇 드시고, 적게는 몇 만원에서 몇십 만원, 또는 몇백 만원의 축의금을 냈을 것입니다. 이 축의금은 밥값이 아니고 두 분이 잘 살라고 부조를 하신 돈입니다. 그런데 잘 살지 못하고 헤어지는 일이 생겼다면 그건 다시 돌려드려야 할 돈이 되지 않겠습니까. 이자 계산해서 몇 배로 돌려 드려야 할 것입니다.

　그러지 못하겠거든 절대 무슨 일이 있던지 헤어질 생각은 꿈에서도 하면 안 되는 것입니다. 어떠한 일이 있어도 헤어지는 일만큼은 없어야 한다는 뜻에서 이런 말씀을 드리는 것입니다.

우크라이나의 결혼 풍습

우크라이나의 결혼 풍습을 텔레비전에서 본 일이 있습니다. 그 나라에서는 신랑이 처갓집에 처음 갈 때 장미꽃잎을 뿌려주는 것을 보았습니다.

그리고 장모님이 빵과 함께 소금을 주는 것을 보았습니다. 빵을 소금에 찍어 먹으라는 뜻이었습니다. 인생은 빵처럼 달기도 하지만 소금처럼 짤 때도 있다는 것을 교훈으로 삼으라는 뜻에서 빵과 소금을 준다는 것이었습니다.

우리나라에도 고추란 노래가 있습니다. 세상살이가 고추보다 맵다는.

그러나 매운 고추가 음식에 맛을 내는 법입니다. 고추처럼 매운 세상살이가 삶에 맛을 내는 법이라고 생각을 합니다.

내 집에서 존경받는 사람이 밖에서도 존경받는 법입니다. 신랑은 신부를 항상 존경하고 신부는 신랑을 항상 존경하십시오.

이 말을 고쳐서 말하면 '나 자신을 사랑하십시오' 하는 말도 됩니다.

나를 가꾸고 나 자신을 항상 아름답게 만들어야 상대가 나를 좋아해 주는 것입니다. 부부간에도 마찬가지입니다.

나를 추하게 만들어서 상대의 마음이 변하지 않게 항상 나를 가꾸십시오. 나를 위해서 그리고 상대를 위해서 나를 항상 아름답게 가꾸십시오.

사랑은 마음으로 하는 것입니다. 마음이 끌려야 하는 것입니다. 사랑은 문서로 하는 것이 아닙니다. 상대의 마음이 항상 나에게로 끌리도록 노력하여야 하는 것입니다. 이것이 부부간에도 꼭 필요하다는 것을 말씀드립니다.

두 분 세상 누가 보아도 금실 좋다는 말 듣는 부부가 되어서 온 세상 사람들이 두 분의 가정을 칭송하고 존경하고 흠모하는 그런 명가 중에 명가를 만들기 위해서 평생 노력하여 주실 것을 부탁드리며 이만 주례사에 갈음합니다. 대단히 감사합니다.

돌을 이고 물을 건너는 이유

아프리카에 가면 강이 있는데 강은 깊지는 않지만 물살이 세서 그냥 건너가기에는 힘이 든 강인데 그 강을 건너갈 때는 무거운 돌을 하나 머리에 이거나 등에 짊어지고 건넌다고 합니다.

인생의 강을 건널 때 우리는 무거운 하나의 짐을 짊어지고 간다고 연결해서 생각을 하여 봅시다.

이 세상에는 돈과 돈이 하는 결혼이 상당히 많다고 나는 생각을 합니다. 돈을 보고 결혼을 하는 사람이 많은 걸로 알고 있습니다. 돈과 돈이 하는 결혼, 이런 결혼은 결국 돈 때문에 파혼이 되는 경우도 또한 많습니다.

옛날에는 며느리는 가난한 집에서 데려와야 한다고 하였는데 지금은 격이 맞아야 한다고들 합니다. 돈과 돈이 하는 결혼이 아닌 사람과 사람이 진정 좋아서 하는 결혼, 이런 결혼이 제일 좋은 결혼이라고 나는 생각을 합니다.

돈을 보고 결혼을 하면 그 부부는 결국 돈 때문에 헤어집니다.

사람이 살아가는데 돈이 없으면 살아가기가 어렵습니다. 그러나 돈에 얽매이지는 마십시오. 내 말은 돈을 몰라라 하라는 것은 아닙니다. 단지 돈 때문에 부부의 정에 금이 가면 안 된다는 것을 말하는 것입니다.

일방적으로 한 사람이 돈이 많다면 상대방은 부담이 될 수도 있는 것입니다. 한 편이 다른 한 편보다 돈이 많다면 더욱더 낮은 자세로 임해줄 것을 부탁합니다.

돈이 있는 사람은 뽐내다 부부의 정을 깨뜨릴 수도 있는 것입니다. 돈은 둘이 함께 힘을 모아 벌어야 하는 것입니다.

신랑이 돈을 벌어야 할 형편이면 신부는 내조를 잘 해야 할 것이며 신부가 돈을 벌어야 할 형편이면 신랑이 뒷바라지하는데 최선을 다해야 할 것입니다. 이런 점도 서로 함께 돈을 벌어가는 길이라 생각합니다. 가급적 두 분이 함께 노력하는 삶을 살아갈 것을 권해 드립니다.

끝으로 결혼은 인생의 꽃이라고 생각합니다. 꽃이 피면 열매를 맺는 법입니다. 이것이 자연의 이치이고 종의 법칙입니다. 두 분 앞날에 귀여운 아들딸 적당하게 많이 두셔서 가화만사성하시고 애국하시길 기원드리면서 이만 간단히 주례에 갈음합니다. 대단히 감사합니다.

음식의 간 맞추기

부부는 음식의 간을 맞추는 것처럼 살아야 합니다.

처음에는 서로 간이 잘 맞지 않겠지만 살아가면서 서로 간을 맞추어 가다 보면 다음에는 서로 간이 맞는 부부가 되는 것입니다.

자식이 결혼을, 취직을 못해 부모의 지원을 계속 필요로 한다면 어떻게 될까요. 부모는 정말 힘들 것입니다. 빨리 취직하고 결혼하고 자기의 길을 자기가 개척해 나가야 하는 것입니다. 이런 일들이 자신을 위해서도 부모님을 위해서도 제일 좋은 것입니다. 이것이 바로 효도라고 나는 생각합니다. 취직도 결혼도 눈높이를 조금 낮추는 것이 지름길입니다.

여기 계신 신랑과 신부는 이런 면에서 아주 좋은 효도를 하고 있다고 생각합니다. 다만 앞으로도 내가 한 말 잊지 말고 자립의 힘을 길러 잘 살아가는 가정 만들어서 부모님께 손 벌리지 않고 도움이 되어드리는 효도를 해

주시기 바랍니다.

　다음은 자손에 대해서 한 말씀 드리겠습니다. 우리가
잘 알고 있는 세종대왕이나 다산 정약용 선생님은 첫째
로 태어나지 않았습니다. 둘째나 셋째로 태어나셨습니다.

　신사임당은 아이를 일곱을 두었는데 그중 다섯째가 율
곡입니다. 우리나라 어떤 대통령은 형제가 많은데 그중에
서 7번째가 8번째에 태어났다고 합니다. 만일 그의 부모
가 아이를 여섯만 낳고 그만 낳았다면 그 대통령은 없었
을 것입니다. 그렇다고 여기 계신 신랑과 신부에게 대통
령감을 낳기 위해 아이를 아홉이나 열을 낳으라고는 하
지 않겠습니다. 다만 한 명이나 두 명 정도로 적게 낳은
것보다는 적당히 많이 낳아서 가화만사성 하시기를 기원
합니다.

주례 없이 하는 결혼

요사이 주례 없이 하는 결혼이 부쩍 많아진 느낌입니다. 아마도 인터넷에 올려진 글 때문이라고 생각합니다.

스마트폰의 일상화로 생긴 유행의 새로운 풍속도이며 인터넷에 올려진 글이 무슨 신이나 된 것처럼 착각하는 세대의 풍속도라고 생각합니다.

찬물 한 그릇 떠 놓고 신랑과 신부 단둘이서 하는 결혼도 결혼인데, 주례가 없다고 무슨 상관이야 있겠습니까.

신랑이 우리 결혼합니다.

또는 신부가 우리 결혼합니다.

한 마디 하고 만다고 무슨 상관이야 있겠습니까.

'신랑 아버지가 우리 아들 결혼합니다. 또는 신부 아버지가 우리 딸 결혼합니다' 하고 결혼식 끝낸다고 무슨 상관이야 있겠습니까.

이런 말들을 바쁜 하객들 굳이 모셔놓고 하지 않아도, 축의금 고지서라고 하는 청첩장 돌리지 않고 집에서 당사자들만 앉아서 한다고 결혼이 안 되는 것은 아니라고 생각합니다.

그러나 얼마나 어려웠으면 찬물 한 그릇 떠놓고 식을 올렸겠습니까. 그분들은 둘이 찬물 한 그릇 떠 놓고 식을 올리며 격식을 갖춘 식을 얼마나 올리고 싶어 하였겠습니까. 주례도 모시고 하객들도 많이 모시고 맛있는 음식도 많이 준비해 대접하는 식을 올리고 싶었을 것입니다. 그렇게 하는 의례가 격식을 갖추는 의례인 것입니다.

사람의 일생 중 제일 큰 행사가 나고, 결혼하고, 죽고의 세 가지 라고 합니다. 날 때 짐승처럼 일하다 태어난다고 해도, 죽으면 아무런 의례 없이 그냥 지게에 지고 가서 짐승처럼 묻어버린다고 해도 상관은 없을 것입니다. 우리는 인간이기 때문에 격식을 갖추어 의례에 따라 행사를 하는 것입니다. 결혼도 그렇다고 생각을 합니다.

모든 의례에 격식을 갖추지 않아도 그 의례 때문에, 격식을 갖추지 않았다고 해서 생활이 잘못 되거나 탈이 나는 것은 아닙니다.

제삿날 외국으로 여행을 가고 여행지에서 제수음식 없이 개고기 한 접시, 또는 피자나 햄버거 한쪽, 또는 그 지방의 복숭아가 맛있다고 복숭아 한 개 놓고 절 한자리 하고 만다면, 그렇다고 뭐 탈이 나거나 집안이 잘못 되는 일은 없을 것입니다. 그러나 지금까지 우리가 지켜온 전통이거나 금기이기 때문에, 의례에 맞추어 해야 하는 행사의 존엄성 때문에 격식을 갖추어서 모든 행사를 한다고 나는 생각합니다. 왜 격식이 생겼을까? 의례를 행사해 오면서 제일 좋은 형식으로 자리매김하였기 때문이라고 나는 생각을 합니다.

주례 없이 하는 결혼식을 보면 사회가 진행을 하고, 신랑이 신부에게 하는 맹세의 글을 읽고, 신부가 신랑에게 하는 맹세의 글을 읽고, 신랑 아버지가 성혼선언문을 읽고 인사말을 하고, 신부 아버지가 인사말을 하고 축가 등을 하는 이벤트 행사로 끝이 납니다. 그런데 나의 개인적인 생각은 이렇습니다. 위와 같이 하는 것이 다 좋다고 하여도 성혼선언문만큼은 직계와 관계가 없는 객관적인 입장의 사람이 해야 하는 것이 아닌가 하는 생각이 듭니다. 객관적인 사람이 바로 주례라고 말을 하고 싶습니다. 성혼선언문 대신에 둘이 찬물 떠놓고 절 한번 하고 혼인신고 하면 그것이 바로 성혼선언문입니다. 한데 왜 꼭 성혼선언문을 읽는 것이 한 순서를 차지하는가. 그것은 바로 내외에 알리는 도덕성이며 인사성이고 사회에 알리는 법적이 아닌 무언의 혼인 신고인 것입니다. 때문에 직계가 아닌 객관성이 있는 사람이 하는 것이 타당하다고 생각합니다.

꼭 성혼선언문만큼은 신랑 아버지보다는 주례나 객관적인 분이 하도록 하는 것이 바람직한 결혼식 의례라고 나는 말을 하고 싶습니다.

부부의 사이를 좋게 하는 방법

어떤 부부가 서로 살다가 어떻게 해서였는지 여자가 실수를 하였답니다. 그다음부터는 남자와 사이가 안 좋아져서 결국 잠자리도 한 방에서 하지 않게 되었답니다. 여자가 어떻게든 서로 사이좋은 부부로 다시 만들어 보려고 마음먹고 매일 남편이 자는 방문 앞에서 108배를 100일 동안 했답니다. 결국 남편이 어느 날 아내에게

"내가 잠자는 줄 알았겠지만 당신이 내 방 앞에서 108배를 하는 것을 다 안다"라고 하면서 풀어져 80이 넘도록 금실 좋게 살았다는 이야기를 들었습니다. 진심은 언젠가 알아주는 사람이 있다는 것을 말해주는 것이라고 생각이 듭니다.

모자란 것은 채우고 넘치는 것은 비우고 그렇게 살아가야 하는 부부가 되는 것 또한 바람직한 일이라 생각을 해보기도 합니다.

부부는 각방을 쓰면 절대 안 된다는 것을 말씀드립니다. 가정이란 포근한 보금자리가 되어야 하는데 하숙집이

나 여인숙이 되어서는 안 된다는 것을 말하여 드립니다. 서로 싸움이 있는 날에도 저녁에 잠자리는 꼭 함께 해야 한다는 것을 말씀드립니다.

　다음은 잔소리에 대해서 한 말씀만 드리겠습니다. 흔히 우리는 아이들에게 잔소리를 많이 합니다. 그런데 그 잔소리가 아무 쓸모없는 소리가 아니고 교육에, 가정 교육에 큰 교과서라는 것을 말씀드리는 것입니다. 아이들이 싫어해도 어느 정도의 잔소리는 가정교육상 해야 한다는 것으로 생각을 하십시오. 다음에 자녀를 낳아 기를 때 참고하시라 말을 하는 것입니다.

주례사 61

문자에 대하여

여자들이 모이면 이런 놀이를 한다고 합니다.

남편에게 각각 문자를 보내서 누가 제일 빠른 답장의 문자가 오는가를 보는 놀이입니다. 남편은 아내에게서 문자가 오면 아주 신속히 답장의 문자를 해드리기 바랍니다. 문자를 할 때 '에버랜드의 장미보다 당신이 더 곱다' 라고 하거나 '금강산보다 당신이 더 보고 싶다' 라는 문자를 답으로 해주면 최고로 좋은 남편이라고 그 자리에서 칭찬을 듣는 남편이 된다고 합니다. 그러면 당신들의 사랑은 영원히 더욱더 단단한 사랑이 될 것입니다만은 여자들이여, 그런 무모한 장난질은 하지 않는 것이 좋습니다. 왜 장난으로 진심을, 행복을 실험하고 그로 인해서 진심과 행복에 금을 가게 만드는 것입니까.

'효자는 부모가 만든다' 라는 말이 있습니다. 아무리 자식이 잘 해도 부모가 자식의 정성을 몰라준다면 효자가 되지를 못할 것입니다. 여기 계신 부모님들 자식이 효자가 될 수 있도록 협조를 아끼지 말아 주시라는 것을 말씀드립니다.

　부부싸움 할 때는 꼭 존댓말을 쓰라고 어떤 분이 얘기하는 것을 들었습니다. 부부싸움은 아침에 하지 말고 밥을 먹은 후에 하라고 하였습니다. 밥 먹고 커피 마시고 그다음에 해도 늦지 않다는 것입니다.

　저녁엔 꼭 풀고 자라고 하였습니다. 저녁에 잘 때 코골고 자는데 여자가 머리 위에서 저 놈을 망치로 쳐서 죽이나 칼로 죽일까 하는 마음을 가지고 있으면 꿈도 악몽을 꾼다고 그분은 말하였습니다. [※ 이 부분은 주례사로는 적당하지 않습니다. 다른 말로 돌려 말하시는 것이 좋습니다.]

파란 신호등이 쭉 켜지길

오늘 이 자리에서 백 년이고 천 년이고 변함없는 사랑을 하자고 서약을 하신 두 분. 밤이나 낮이나 행복한 가정을 꾸미기 위해서 최선을 다하자고 마음속으로 다짐을 하고 있는 신랑과 신부가 부부의 연을 맺어 가시는 앞길, 꽃들이 만발하고 향기로움이 가득한 길이 평생 쭉 펼쳐지리라고 나는 생각을 합니다. 그리고 그 길을 가시는 두 분 차창을 내리고 휘파람 불면서 거침없이 질주할 수 있도록 평생 파란 신호등이 쭉 켜지리라고 생각을 합니다.

그러나 길을 가다 보면 때로는 갈림길이나 교차로 만나서 노랑 신호등이나 빨간 신호등을 만날 때도 더러는 있을 수 있으리라 생각합니다. 혹시라도 이 노랑 신호등이나 빨간 신호등을 만나게 되면 그때는 잠시 잠깐 멈추어서 쉬어가라는 신호로 생각하시고 잠시 멈추어 서서 지나온 길 다시 한번 뒤돌아보시고 앞날을 행복이라는 곳에 내비 찍어 힘차게 엑셀을 밟으신다면 더 진한 행복의 향기가 가득한 길이 평생을 두 분과 함께 해 주리라 믿으며 말씀드리고 싶습니다.

비 오는 날 집에서 남편을 기다리던 부인이 떡이 먹고 싶었습니다. 남편이 귀가를 하였습니다. 그런데 그날 남편이 상사에게 되게 깨지고 오면서 기분이 정말 안 좋았습니다. 거기다 오면서 비까지 맞고 짜증나는 하루였습니다. 그런 그가 집에 막 오자 부인이 '여보, 나 떡이 먹고 싶은데 하나 사다 줘' 하였습니다. 남편은 그렇지 않아도 짜증나는 하루였는데, 말이 퉁하고 나왔습니다. '먹고 싶으면 당신이 가서 사다 먹어' 하고. 그러자 아내가 다시 톡 쏘아붙였다. '그것 하나 사다 달라고 하는데 왜 그래.' 이렇게 싸움이 시작되었다.

그리고 결국 할 말 못할 말 다 하게 되고, 결론적으로 이 싸움이 이혼소송으로까지 갔다고 합니다. 사소한 일이 이렇게 된다는 것을 명심하기 바랍니다. 사소한 것도 항상 조심을 한다면 이런 일은 없을 것입니다. 너무나 서로 가깝기 때문에 이런 일이 벌어졌다고도 할 것입니다. 부부간에도 가까운 부분과 먼 부분이 있어야 하지 않을까요. 이렇게 말을 해드리고 싶습니다.

내가 대접을 받으려면 먼저 내가 남에게 대접을 베풀어야 하는 것입니다.
내가 사랑받고 싶으면 내가 먼저 상대방에게 사랑을 주어야 하는 것입니다.

남이 좋을까요. 내 가족, 내 부부가 좋을까요. 밖에서 좋은 분보다 집에서 그냥 평범한 내 가족이 더 좋은 것입니다. 밖에서 좋은 사람 만나듯, 집에서도 서로 좋은 사람 만나듯 하십시오.

악기 연주

결혼은 악기 연주와 같다고 합니다. 연주가 잘 되고 못 되고는 연주자의 책임이라고 합니다. 악기는 연주자의 의도와 다르게 반응을 할 수도 있을 때가 있다고 합니다. 처음에는 악기가 연주자의 뜻대로 따라주기도 하지만 오래 되면 악기가 연주자를 리드할 수도 있답니다.

효도는 흉내만 내어도 좋다고 합니다.

참고로 한 말씀드리겠습니다. 영국 병원의 얘기입니다.

1. 영국 병원에서는 임신을 하면 초음파검사는 딱 두 번만 한다고 합니다. 처음 임신 초기 태아가 자리를 잡았을 때 한 번 살펴보고 5개월째에 한 번 더 하는데 다운증후군 여부를 가리기 위해서 한답니다. 그 외에는 매달 담당 의사를 만나면 밥은 잘 먹느냐, 아이는 잘 노느냐, 등을 묻는 문진만 한다고 합니다. 한국에서는 매달 초음파와 각종 기형아 검사를 한다고 합니다.

2. 될 수 있는 한 자연분만을 시키고 자연분만을 한 산모는 당일 퇴원을 시킨다고 합니다. 왕세손비도 당일 퇴원을 했다고 합니다.

3. 아이를 낳으면 처음 며칠은 젖의 양이 적게 나온다고 합니다. 이때 아이가 운다고 분유를 달라고 하면 간호사는 날카로운 칼보다 더 차게 잘라 말한다고 합니다. 그렇게 약한 마음 가지면 모유수유는 실패합니다. '갓난아이는 며칠 안 먹어도 죽지 않으니 그냥 놔두세요' 한다고 합니다. 모유를 먹이면 처음엔 작게 나와도 차츰 양이 많아진다고 합니다.

4. 임신했다고 그동안 하던 운동도 중지를 하고 안 하는 경향이 있는데 운동은 임신 중에도 해야 한다고 합니다. 물론 과도한 운동을 하라는 건 아닙니다. 평소 하던 대로는 하라는 말입니다.
   방목한 젖소는 저 스스로 새끼를 낳아서 데리고 오지만, 집에서 가두어 기른 젖소는 새끼를 낳을 때 새끼 발목에 끈을 묶어 경운기로 잡아당겨야 나오는 것입니다.

5. 될 수 있는 한 불필요한 검사는 가급적 배제하는 것이 좋을 수도 있다는 것을 말씀드리는 것입니다. 아울러 자연분만이 제왕절개 수술보다는 좋다는 것을 말

씀드립니다. 병원에서 수익을 올리기 위해서 제왕절개 수술을 권유하는 병원도 더러 있다고 하는데 참고하는 것이 좋으리라고 생각을 합니다. 모유수유가 좋다는 것을 말씀드리는 것입니다. 모유수유 역시 병원과 분유회사가 짜고 유도를 하는데도 더러 있다고 하는데 참고하는 것이 좋으리라 생각이 들어 여기 몇 마디 붙이는 것입니다.

발과 구두

빨갛게 잘 익은 능금이 주렁주렁 나무에 매달려있는 이런 아름답고 풍성한 계절 길일 중에 길일을 택하여 화촉을 밝히는 신랑과 신부, 그리고 혼주댁 양가에 진심으로 축하의 말씀드립니다. 아울러 공사다망 하심에도 만사 제쳐두시고 두 분의 결혼을 축하하여 주기 위하여 자리를 빛내주신 하객 여러분에게 혼주댁을 대신하여 깊은 감사의 뜻 전합니다.

여기 서 계신 신랑과 신부는 오늘부터 발과 구두 같은 관계로 평생을 함께 살아갈 것입니다. 서로의 살을 비비며 서로의 체취를 느끼며 살아갈 것입니다. 신랑이 발이라면 신부는 구두가 되어서 신랑을 보필해야 할 것이며, 신부가 발이라면 신랑은 구두가 되어서 신부를 보호해 주어야할 것입니다.

얼마 전 아시는 분의 청탁으로 주례를 보러 간 적이 있습니다. 거기서 사회를 보는 신랑의 친구가 이벤트라면서 신랑에게 구두를 벗으라 하고, 그 구두에 코를 대보라고 하였습니다. 그 구두에서 무슨 냄새가 났을까요. 향내가 났을까요. 아니겠지요. 발 냄새가 났을 것입니다. 향기로운 냄새는 아니었을 것입니다. 우리는 신에서 냄새가 나면 그 냄새는 신에서 난다고 생각을 합니다. 내가 내 발을 관리를 잘 못해서 냄새가 난다고 생각을 하지 않고 신발 탓을 하는 것입니다. 그러나 냉정히 생각을 해 보십시오. 그 냄새는 나에게서 난다는 것을. 부부 관계도 이와 같다고 생각합니다. 상대는 나를 보호해 주려고 애쓰면서 평생을 희생하고 있는데 나는 그런 상대를 냄새난다고 탓하거나 버릴 생각을 하면 안 된다는 것입니다. '신아 그 냄새는 나 때문에 나는 냄새였어, 미안해' 라고 말하고 내가 나 자신을 다시 돌아보고 왜 냄새가 나는가, 내가 나의 발을 관리를 얼마나 소홀하게 하였는가를 생각하여 보고 나 자신부터 나 자신을 잘 닦아 나가야 할 것입니다. 그러면 부부관계 뿐만 아니라 세상살이가 한층 더 상승되어 아주 좋은 앞날이 기다려줄 것이라고 생각합니다.

다음은 효도에 대해서 한 말씀 드리겠습니다. 효도는 흉내만 내도 좋다고 합니다. 여기 서 계신 신랑과 신부님은 누구보다도 효성이 지극하다는 소문의 냄새가 향기롭게 스며오기에 효도에 대한 말은 더 이상 하지 않겠습니다. 그 대신 호칭에 대해서 한마디 하겠습니다. 물론 여기 서 계신 신랑과 신부님은 제가 말씀드릴 호칭은 쓰지 않으리라 생각합니다만 혹시나 하는 마음에서 참고적으로 말씀드리니 참고 삼아 주시기 바랍니다. 아울러 여기 오신 하객들 중 신랑과 신부의 친구 되는 분들도 잘 들어 주시면 감사하겠습니다. 요즈음 젊은 분들 보면 가끔 신부가 신랑에게 오빠라고 하고, 신랑이 신부에게 동생에게 하듯이 이래라 저래라, 하는 낮은 말을 쓰는 것을 가끔 보았습니다. 그런데 이런 호칭은 남매간에 쓰는 호칭이지 부부간에 쓰는 호칭은 아니라는 것입니다. 이 세상 어디에 가도 남매간에 결혼을 해서 사는 부부가 있다는 말은 듣지 못했습니다. 물론 결혼 전에 마땅한 호칭이 없어서 이런 호칭을 썼다 하더라도, 결혼을 하면 그날부터는 여보라든지, 당신이라든지 아니면, 가계 대대로 내려오는 아름다운 호칭이 있으면 그 호칭을 사용하면 될 것입니다. 또는 신혼여행에서 돌아오는 날 부모님이 정해 주신 호칭을 사용하셔도 좋으리라 생각을 합니다.

다음은 건강에 대해서 한 말씀 드리겠습니다. 건강에는 세 가지 건강이 있다고 합니다. 한 가지 건강은 육체적인 건강이고, 한 가지 건강은 정신의 건강이며 한 가지 건강은 사회적인 건강이라고 합니다. 육체적인 건강은 내 의지와 상관없이 그래프를 그려나갈 수도 있겠습니다만, 정신의 건강은 내 의지와 비례해서 그래프를 그려나간다고 나는 생각을 합니다. 육체의 건강도 매우 중요하지만 정신의 건강이 더 중요하다는 것을 말씀드리는 것입니다.

사회적인 건강은 여기 서 계신 신랑과 신부님이 사회에 봉사하고 세상에 공헌하는 건강으로 평생을 함께 지켜나 가야 할 건강이라고 생각합니다.

끝으로 결혼은 인생의 꽃이라고 생각합니다. 꽃이 피면 열매를 맺는 것이 자연의 순리이고 종의 법칙입니다. 두 분 앞날에 아주 귀여운 아들딸 적당히 많이 두셔서 가화만사성하시길 기원드리며 이만 간단히 주례사에 갈음합니다. 대단히 감사합니다.

습 관

오늘 결혼을 하는 신부님은 ○○님의 셋째 딸입니다. 셋째 딸은 묻지도 말고 데려오라고 하였습니다. 내가 하는 말은 사족이 되리라 생각합니다만 그래도 여기 이 자리에 서게 되었으니 몇 말은 해야 하겠지요. 간단히 몇 말 올리도록 하겠습니다.

지하철을 타고 가면서 자주 목격하는 일 한 가지를 얘기 하겠습니다.

지하철은 언제나 거의 만원이어서 자리를 잡기가 쉽지 않습니다. 그런데 가다 보면 어떤 분은 자기가 서 있는 곳의 앞에 자리가 나면 주위를 한 번 둘러보고 여유 있게 천천히 앉습니다. 옆에 다른 사람을 배려하는 마음이 있기 때문입니다. 그런가 하면 어떤 사람은 몇 사람 건너에 서 있다가도 쥐새끼처럼 뽀르르 달려와 자리를 차지하는 사람도 있습니다. 또 어떤 사람은 자기가 들고 있는 가방이나 소지품을 멀리서 던져놓아 자리를 점령한 뒤에 와서 앉는 사람도 있습니다.

우리가 살아가면서 어떤 형식의 삶을 선택해야 하는가를 생각하게 하는 일이라고 생각합니다. 지하철에서 하는 행동을 보면 그 사람은 반드시 다른 곳에서 다른 일에도 그런 마음 씀씀이의 행동을 하리라고 나는 생각을 합니다.

습관이란 아주 작은 것에서부터 잘 길들여야 한다는 것을 말하려고 하는 생각에서 이런 말을 하는 것입니다. 사회생활도 마찬가지지만 가정생활도 마찬가지라고 생각합니다.

결혼 초부터 좋은 습관을 길들여 가야만 평생 좋은 가정을 이룰 것입니다. 좋은 가정이라고 다른 사람들에게서 칭찬의 평을 받는 가정을 이룰 것입니다.

주례사 66

행복은 결혼 초부터 만들어가야 하는 것

지금 여기 서 계신 신랑과 신부가 지금부터 50년 60년 아니, 70년, 80년 후에 대저택에서 대문을 열고 자녀들과 손자손녀들 손잡고 나와 담소하며 공원을 산책하는 멋진 모습을 보이거나, 백발을 휘날리며 골프를 치는 그런 아름다운 모습 보일 수 있는 부부가 돼 주실 것을 기원합니다. 그런 모양은 하루아침에 만들어지는 것이 아닙니다. 지금부터 조금씩 조금씩 만들어 나가야 몇십 년 후에 그런 모습. 아름다운 모습이 될 것입니다. 결혼을 하는 오늘부터 그런 모습을 만들기 위해서 최선의 노력을 해주실 것을 말씀드립니다.

직장을 구할 때 그 회사 직원이 자주 바뀌는지 아닌지를 보라고 합니다. 회사 규모가 크고 봉급을 아무리 많이 주는 회사라 해도 직원이 자주 바뀌면 어딘가 문제가 있다고 보는 것이기 때문입니다. 일단 그 회사에 들어가면 죽을 때까지 '여기 아니면 내가 살 곳은 없다'라는 마음으로 최선을 다해서 근무를 해야 할 것입니다.

부부간 관계도 마찬 가지입니다. 한번 결혼하면 어떠한 일이 있어도 함께 살며 힘을 합하여 잘살아보려고 노력을 하여야하는 것입니다. 한번 헤어진 사람에게 어떤 사람이 의심 없이 바로 다가올까요. 한번 이혼한 사람은 다른 사람 만나도 또 다시 이혼할 확률이 높은 것입니다. 어떤 일이 있던지 함께 살면서 해결하고 잘살아 보려고 노력을 하여야 하는 것이 부부의 도리라고 말하는 이유입니다.

　여기 서 있는 신랑과 신부님은 장녀와 장남입니다. 장남과 장녀가 만나면 책임감이 강해서 부를 이루고 잘산다고 합니다. 부자로 잘살리라 믿습니다.

배 우 자

결혼을 하면 서로를 배우자라고 합니다.

배우자는, 말 그대로 배우자입니다. 서로 배우면서 평생을 살아가는 것. 그래서 배우자라고 한답니다.

두 분 서로가 서로를 배우면서 평생을 사십시오.

막말은 어떠한 일이 있어도 하면 안 되는 것입니다. 바로 후회하게 됩니다. 후회하게 된 후에는 이미 늦습니다. 소용이 없습니다. 어떤 일이 있어도 막말은 하지 않아야 합니다.

서로를 미워하며 호의호식하는 것보다는 서로 사랑하면서 나물죽 먹는 것이 행복한 것입니다.

너무 멀어도 안 되는 것이 인간관계이지만 너무 가까워도 안 되는 것이 인간관계입니다. 부부간에도 어느 정도 거리는 두어야 더 행복할 수도 있을 수 있다는 것도 참고로 알아두십시오.

요사이 보면 길가 담장에 벽화를 그리는 것을 자주 봅니다. 그런데 그 벽화를 그리는 사람들이 인정받는 화가가 아닙니다. 그림이라고는 그려본 적도 없는 시골 할머니들이 그리는 것을 매스컴을 통해서 많이 봅니다. 물론 화가가 따로 있는 것은 아니고 아무나 그림을 그리면 화가이긴 합니다만, 아무나 그릴 수 있는 것이 또한 벽화라고 생각을 합니다.

　인생길목에 아름다운 벽화를 그리는 화가가 되시기를 부탁드립니다. 벽화를 그릴 때 보면 대부분 좋은 벽이나 담장에는 잘 그리지 않고 조금 낡은 골목에다 많이 그리는 것을 봅니다. 살다가 삶이 낡아질 때 거기에다 두 분 예쁜 해바라기도 그리고, 우스꽝스런 만화도 그리고, 재미있는 그림들을 많이 그려보시기 바랍니다. 그러면 삶이 더 행복해지리라 생각합니다.
　한 분이 밑그림을 그리면 한 분은 거기에다 사물을 그리고, 하는 마음으로 그림을 그려나가시길 부탁드립니다. 그 그림을 보는 길가는 사람들이 다 보면서 함께 행복을 나눌 것입니다.

외국인과 결혼하는 예식의 주례사

제가 얼마 전 어떤 잡지에서 이런 글을 보았습니다. 중국에서 시집을 온 신부의 이야기였습니다. 말도 안 통하고, 먹을 것도 입에 맞지 않고, 거기에다 한국음식은 더더욱 할 줄을 모르고, 남편은 성질이 급해서 자꾸 소리지르기 일쑤여서 싸우는 날이 많았답니다. 그 신부는 그때마다 눈물밖에 나오지 않아서 울음으로 세월을 보냈답니다. 그런데 어떤 날 남편이 신부의 그런 모습이 짠했던지 그 뒤부터 급한 성질을 누그러뜨리고 차츰 신부를 다독거려 주었답니다. 그리고 남편이 음식을 만들기 시작하였답니다. 물론 신부가 음식을 만드는 것을 배우는 것보다 남편이 음식을 만드는 것을 배우는 것이 더 빨랐답니다. 신부 역시 한글학교를 다니고 주민센터에서 운영하는 다문화가정을 위한 프로그램에 열심히 다니면서 배우고 하여 지금은 금실 좋은 부부가 되었다는 얘기였습니다.

옛날 우리 부부는 기계 베틀을 사 와서 베를 짠 일이 있었습니다. 제 아내는 기계 베틀을 다룰 줄 몰라서 내가

배워가지고 와서 아내에게 가르쳐주었더니 아내는 하루
한 필씩 베를 짜는 선수가 되었습니다.

얼마 안 가서 신부가 이 나라 음식을 아주 잘 만드는
주부가 될 것입니다. 무엇이든지 내가 먼저 솔선수범하여
배우고 가르쳐주는 신랑이 되십시오.

침대 시트

결혼생활은 아무리 애를 써서 잡아당겨도 네 귀퉁이가 반듯해지지 않는 침대 시트와 같은 것이라고 어떤 분이 얘기를 했습니다. 그렇습니다. 바로 완벽하게 할 수 없는 것이 결혼생활입니다. 완벽하게 하려고 하지 말고, 큰 것을 바라지 말고 작은 것으로 행복을 만들어 나가야 한다고 생각합니다. 서로 상대를 보면 작은 미소를 띠워 주고, 따뜻한 말 한마디를 하여 주고, 때로는 등을 쓰다듬어주고, 때로는 살며시 안아주며 손을 잡고 살아간다면 행복은 거기에서 싹이 트고 자라리라 생각을 합니다. 결코 큰 것이 아닌 작은 것으로 행복을 만드십시오, 라고 말하고 싶습니다.

내 옆집보다 조금 더 잘살면, 내 옆집보다 조금 더 좋은 일이 있으면, 사람들은 행복을 느낀다고 합니다. 사람들은 큰 것에서 행복을 느끼는 것보다는 작은 것에서 행복감을 느끼는 것이 훨씬 더 많다고 합니다.

작은 것에서 행복을 시작한다면 큰 행복이 찾아오려고 멀리서 기다리고 있을 것입니다.

마음이 구겨질 때가 있으면 서로 마음을 다려줄 수 있는 다리미가 되어서 서로의 마음을 다려줄 수 있다면 얼마나 좋겠습니까. 하는 생각도 해봅니다.

여기 서 있는 신랑은 첫째이고 신부는 막내입니다. 막내와 첫째가 만나는 것입니다. 막내와 첫째가 만나면 잘 산다는 옛말이 있습니다. 하지만 막내는 응석이 많을 수도 있습니다. 그 점 조금은 자제를 하고 또 감안을 해야 할 것입니다. 두 분은 아주 잘 살리나는 믿음이 갑니다. 이 믿음을 잊지 말아주실 것도 함께 말씀드립니다.

외국인을 배려한 주례사

1. 신부는 가급적 시어머니와 함께 살면서 음식을 먹고 만드는 법을 배울 것.

2. 남편은 아내의 고향음식을 먹을 수 있게 가끔 신부 고향음식재료나 양념 등을 구해줄 것.

3. 책, TV, 그리고, 동네 분들과 어울려 빨리 말을 익히 도록 노력할 것.

4. 아이를 낳으면 미역국도 좋지만 신부 나라의 음식을 구해서 먹도록 하는 것도 좋음. 내가 왜 이런 말을 하느냐 하면 우리는 아이를 낳으면 당연히 미역국을 먹어야 하는 문화에 길들여져 있습니다. 때문에 그렇 게 하는 것이 당연한 걸로 알고 있으리라 하는 생각 에서 벗어나 상대의 입장에서 생각해 보시라 하는 것 입니다.

5. 신부나라는 우리나라보다 못살 수도 있습니다. 조금씩이라도 형편되는 대로 도움을 드릴 것.

6. 아이를 낳아 기를 때는 두 나라 말과 예절, 문화 등 모든 것을 가르칠 것.

7. 아내보다 이 나라에서 많이 살아온 남편이 음식 만드는 법을 익히는데 더 빠를 수도 있을 것입니다. 남편이 음식 만드는 법을 앞서 배워서 아내에게 가르쳐주는 것도 좋은 방법입니다.

8. 음식물 쓰레기를 아내 보고 왜 치우지 않느냐고 하기에 앞서 내가 먼저 치워보십시오.

9. TV에 출연한 한 외국인 신부가 말하기를 재래시장을 자주 가라고 하였습니다. 재래시장에 가서 할머니가 파는 재료를 사면서 조리법을 물어보면 전통한국음식 만드는 법을 제대로 배우고, 말도 빨리 배울 수 있는 방법이라고 하였습니다.

복덩어리

신랑은 제가 가르친 제자라서 신랑의 됨됨이를 저는 잘 알고 있습니다. 어디에 내놓아도 손색없는 인생을 살아갈 인품을 간직하고 있다는 것을 말입니다. 그런데 신부와 같이 며칠 전에 저에게 인사를 왔는데 신부를 보는 순간, 아, 이 여성은 아주 복이 많겠구나 하는 생각이 들었습니다. 조용하면서도 활발하고 순진하면서도 당참을 보았습니다. 복덩어리가 김씨 집안에 굴러들어 온 것을 느꼈습니다. 이 복덩어리를 보석으로 만드느냐 돌덩어리로 만드느냐는 신랑에게 달렸다고 생각을 합니다.

어떤 사람은 복덩어리를 보석으로 만드는 사람도 있을 것이며 어떤 사람은 복덩어리를 돌로 만드는 사람도 있을 것입니다. 물론 여기 계신 신랑은 앞서 말씀드린 바와 같이 인품이 좋아서 복덩어리를 보석으로 만들리라 믿습니다만 완전히 읽을 수 없는 것이 사람의 마음이기에 제가 혹시나 하는 마음에서 이런 말을 하는 것입니다.

좋은 짝을 찾기보다는 좋은 짝으로 가꾸어가도록 노력하는 것이 더 훌륭한 방법이 될 것이라고 나는 생각한다는 것도 보태어 말씀드리고 싶습니다.

살다 보면 보석도 돌처럼 보일 때가 있는 것입니다. 내 아내보다 더 예쁘고 상냥하고, 하는 모든 일이 야무진 여자들이 이 세상에는 너무나 많이 있습니다. 그러나 또 달리 보면 내 아내보다 더 못생기고 무뚝뚝하고, 김치는 말할 것도 없이 밥도 못하는 여자들도 많이 있는 것입니다.
반대로 내 남편보다 더 잘생기고 돈도 많이 벌어오고, 여자에게 기가 막히게 친절하게 잘하여 주는 남자들이 주위를 보면 많이 있습니다. 그러나 또 달리 보면 내 남편보다 더 못생기고, 돈도 잘 못 벌고 매일 여자 속이나 썩히는 사람도 많이 있는 것입니다.

아내의 눈으로 보아도 그럴 것이고 남편의 눈으로 보아도 그럴 것입니다. 그래서 그와 나는 부부가 되어 있는 것입니다. 서로 잘 맞는 짝이 되어 있는 것입니다. 이런 점을 알고, 생각하고 살면 아마 행복이 당신들의 곁에서 떠나지 않고 뱅뱅 돌며 항상 웃음을 선사하여 줄 것입니다.

부모님과의 관계

지금 사방에 꽃들이 만발하여 그 향기로 사람들을 유혹하는데 그 유혹을 뿌리치고 이 자리를 빛내 주신 하객 여러분께 깊은 감사의 뜻을 혼주댁을 대신하여 전하여 드립니다. 그리고 이런 아름다운 때 길일 중에 길일을 택하여 화촉을 밝히는 신랑과 신부 혼주댁 양가에 진심으로 축하의 말씀드립니다.

내가 대접을 받고 싶으면 먼저 내가 대접을 해 줘야 하는 것입니다.

사랑을 하면 따뜻한 말을 항상 해주고 싶고, 무엇이든지 주고 싶고, 언제나 함께 같이 있고 싶은 것 이런 것이 사랑이라고 합니다. 이런 마음을 연애할 때만 갖지 말고 결혼한 후에도 갖도록 노력하십시오.

이런 것이 바로 대접입니다.

지금 여기 서 계신 신랑과 신부님은 결혼을 하는 오늘이 어른이 되는 날입니다. 여태까지는 부모님의 보살핌으

로 살아왔다고 생각합니다. 이제 오늘 결혼을 하고 어른
이 되면 이제부터는 부모님을 보살펴드리는 위치로 그
위치가 바뀌어야 하는 것입니다. 부모님이 경험이나 경륜
이 높기 때문에 조언을 구할 일이 있으면 부모님께 언제
라도 조언을 구하여야 할 것입니다. 그러나 경제적으로는
이제 부모님께 절대 손을 벌리면 안 된다는 것을 말씀드
리는 것입니다. 두 분은 어떤 어려운 일이 있어도 이제
자립을 해서 살아나가야 하는 것입니다. 경제적으로는 부
모님을 도와주시는 것은 이루 말할 수 없이 좋은 일이지
만. 적든 많든 액수에 상관없이 부모님에게 손을 벌리는
일은 하지 않아야 한다는 것을 강조해서 말씀드립니다.

  지금 이 말은 효도도 되지만 두 분이 앞으로 살아가는
데 자립심을 길러서 앞으로 잘 살아가는 길을 닦는 일이
되기도 할 것입니다. 제가 한 이 말을 잊지 말아 주실
것을 당부 드립니다. 아니 오늘부터 실천하는 마음을 갖
는다면 결코 잊혀지지는 않을 것입니다.

긴 주례사

신랑이 주례사를 조금 길게 해달라는 부탁이 있었다. 그래서 여기 긴 주례사를 한 편 올린다.

1. 인사말
2. 요사이 마트에 가면 원 플러스 원이라는 게 있습니다. 나도 오늘 신랑과 신부님께 융숭한 대접을 받았기에 주례사도 원 플러스 원으로 해 드리려고 합니다. 신랑 신부님 괜찮겠지요? (예.) 그렇지요, 많이 준다는데 싫어할 사람은 이 세상 아무 데도 없으리라 생각합니다.
3. 부부란 한 번 부부로 맺어지면 어떠한 일이 있어도 헤어지면 안 되는 것입니다. 옛날 어른들은 딸이 시집을 가면 그 집 귀신이 되라는 말을 하였습니다. 옛말 그른 것 하나도 없습니다. 그런데 이 말은 옛날에 썼어야 하는 말이 아니고 지금 이 시대에 써야 할 말이라고 나는 생각을 합니다. 신부만 그렇게 해야 할까요. 아닙니다, 신랑도 그렇게 해야 하겠지요.
   [▷ 여기에 주례사 53 봉황새 이야기를 연결한다.]

오늘 결혼을 하는 신랑과 신부님에게 한 가지만 물어보겠습니다. 혹시 결혼과 관련된 이미지의 새를 말하라고 하면 무슨 새를 말하겠습니까. 긴장된 자리라 생각이 얼른 나지 않을 것입니다. 원앙이지요. '결혼'하면 바로 금실 좋다고 하는 원앙 아닙니까. 오늘 여기서 결혼을 하는 두 분, 평생을 원앙처럼 금실 좋게 살라고 제가 원앙을 말씀드리는 것입니다. 기억해 줄 것을 부탁드립니다.

그리고 결혼식 날 사람들이 좋아하는 새가 또 세 마리 있습니다. 이것은 신랑과 신부에게 물어보지 않고 내가 말을 해 드리겠습니다. 무슨 새냐 하면 결혼식 잔치집에 오신 하객들이 좋아하는 새 두 마리를 우선 말씀을 해드리겠습니다. 그것은 '먹세'와 '노세'입니다. 여기 이 예식장 음식 아주 맛있게 잘하는 집입니다. 오늘 하루 종일 맛있는 음식 많이 드시고 하루 종일 즐겁게 놀다 가시기 바랍니다. 그리고 한 마리 새는 신랑과 신부가 좋아하는 새입니다. 그새는 바로 '자세'입니다. 정부는 지금 전기절약에 총력을 기울이고 있습니다. 오늘 저녁 정부의 에너지 절약 시책을 핑계 삼아 일찍 전기불 끄고 잠자리에 들기를 바랍니다. 그러면 자세가 두 분의 머리 위에서 훨훨 날아다니며 오색찬란한 꿈을 두 분께 선사해줄 것입니다.

이렇게 해서 새 네 마리에 대해 말씀드렸습니다. 그런데 넷이라는 숫자는 어딘가 조금 찜찜하지요. 우리나라 사람들은 1·3·5·7·9를 좋아하지요. 그래서 넷에 하나를 더 하여 다섯을 채우겠습니다.

그 다섯 번째 새는 바로 봉황입니다. 봉황새는 대통령의 문양으로 많이 쓰입니다. 그리고 결혼식 문양에 많이 쓰이는 새입니다. 봉황새는 부귀를 표상하기 때문입니다. 부부가 부귀하게 살라는 생각에서라고 생각합니다. 이 봉황새는 아주 귀한 새인만큼 앉는 자리와 먹는 것도 골라 먹는다고 합니다. 아무 나무에나 앉지 않고 오동나무에만 앉고, 아무것이나 먹지 않고 100년에 한 번 꽃이 핀다는 대나무 열매만 먹고 산다고 합니다. 아무 물이나 먹지 않고 태평성대에 예천에서 솟은 맑은 물만 먹고 산다고 합니다.

수새를 봉이라 하고 암새를 황이라고 한답니다. 둘이 합해서 봉황이 되는 것입니다. 그런데 따로 떼어놓고 생각을 해 보면 봉은 남에게 '봉 잡혔다' 할 때 쓰는 말입니다. 황은 바로 '황이다' 할 때 쓰는 말입니다. 황은 골패에서 짝을 짓지 못할 때 황이라고 한답니다. 따로따로 떼어놓으면 바로 봉 잡히는 봉이 되고 황이 되는 것입니다. 그처럼 부귀를 표상하는 고귀한 새도 따로따로 떼어 놓으면 이처럼 별 볼 일 없는 것이 되는 것이지요.

두 분이 평생 떨어지지 않고 함께 살아야 봉황이 되고 부귀가 함께 해준다는 의도에서 말씀드리는 것이니 잊지 말고 꼭 기억해주실 것을 부탁드립니다.

4. 다음은 서로가 서로의 마음을 알아주어야 한다는 말
   을 하고 싶습니다.
   [▷ 주례사 28 염소 신부와 늑대 신랑의 이야기 연결한다.]

   옛날에 산에 사는 암소 신부와 수사자 신랑이 부부로
살았던 때가 있었다고 합니다. 물론 이 이야기는 우화입
니다만,
   암소 신부와 수사자 신랑의 신혼시절이었습니다, 깨가
쏟아질 것 같은 사랑을 할 때입니다. 둘은 정말 이 세상
에서 최고의 사랑을 한다고 멀리까지 소문이 났습니다.
   하루는 암소 신부가 먹을거리를 준비하러 나갔습니다.
암소 신부는 풀이 잘 자란 곳으로 가서 풀을 잘 뜯어먹
었습니다. 풀을 먹으면서 보드라운 풀은 아껴서 집으로
가지고 왔습니다. 사랑하는 수사자 신랑에게 주기 위해서
였습니다. '여보, 여기 맛있는 풀 뜯어왔어요. 시장하신데
어서 드셔요.' 하자 수사자 신랑은 '그래, 고마워요, 맛있
게 먹을 게요.' 하고 풀을 받았습니다. 그러나 수사자 신
랑은 풀을 먹을 수가 없었습니다. 수사자는 육식 동물인
데 풀은 수사자에게는 맞지 않는 식사이지요.
   얼마 지나서 하루는 수사자 신랑이 먹을거리를 준비하러
나갔습니다. 수사자 신랑은 사슴 한 마리를 잡았습니다.
   그리고 맛이 없는 곳의 고기는 자신이 먹고 등심, 안심
등 맛있는 부위만 가지고 집으로 돌아왔습니다. 집에 와
서 암소 신부에게, '여보, 여기 맛있는 고기 잡아왔어요.

배고픈데 어서 먹어요.' 하고 사슴 고기를 내놓았습니다. 암소 신부는 '고마워요. 맛있게 먹을 게요.' 하고 고기를 받았지만 구역질이 나서 먹을 수가 없었어요. 암소는 풀을 먹고 사는 식성을 가지고 있는데 고기는 먹을 수가 없었지요. 결국 어떻게 되었을까요. 서로 헤어지게 되었겠지요.

이혼 서류에 도장 찍을 때 어떤 사람 말로는 우리는 서로 '사랑하기에 헤어집니다' 라고 했다고 합니다. 하지만 저의 생각으로는 매일 고기만 구해오는 눈치코치 없는 신랑의 행동에 암소 신부는 고무신 거꾸로 신고 고개를 넘었겠지요. 그래서 지금도 사자는 소를 보면 잡아먹으려 하고 소는 도망을 치는 거겠지요. 결국 헤어진 것이 지금의 원수지간이 되어서 살고 있는 것이라고 생각합니다.

이것은 둘이 무척 사랑하는 것 같은 금실 좋은 부부였지만 자신의 생각만 하는 일방적인 사랑이었습니다. 일방적인 사랑은 머리통만 한 다이아몬드를 가져다준다고 해도, 상대의 진심을 알고 길거리에서 사다 주는 붕어빵 하나만 못할 것입니다. 신랑은 신부의 마음을 알아주어야 합니다. 신부는 신랑의 마음을 알아주어야 합니다. 그것이 바로 배려입니다. 진정한 배려가 진정한 사랑인 것입니다.

여기 서 계신 두 분은 서로가 서로의 마음을 헤아릴 수 있는 그런 부부가 되어주실 것을 말씀드립니다.

5. 다음은 효도에 대해서 얘기해 드리겠습니다.

[▷ 주례사 34 인용해서 연결]

옛날에 경상도와 전라도에 효자가 각각 한 사람씩 살고 있었다고 합니다. 그런데 경상도 효자보다 전라도 효자를 더 효심이 깊은 효자라고 사람들이 얘기를 했다고 합니다. 경상도 효자가 자기는 부모님에게 부족함 없이 해드리고 있는데, 전라도 효자는 뭘 어떻게 하기에 그런 칭찬을 받을까 궁금하여 하루는 전라도 효자를 찾아갔다고 합니다. 그런데 가서 보니까 아들이 세숫대야에 발을 담그고 있고 늙은 어머니가 아들의 발을 씻어주면서 아주 편안해 하고 행복해 하더랍니다. 이것이 부모의 마음이고 부모님의 마음을 가장 기쁘게 해 드리는 것, 이것이 가장 좋은 효도라는 것입니다. 만약 자식이 경제적으로 넉넉히 살지도 못하면서 부모님에게 맛있고 좋은 음식이나 좋은 옷 비싼 물건을 자주 사서 드린다면 부모는 그런 효도를 받아도 마음이 편치 않고 오히려 불편할 것입니다. 효도도 분수에 맞게 해야 한다고 저는 생각을 합니다.

6. 다음은 건강에 대하여 말씀드리겠습니다.

나는 건강을 이렇게 생각합니다. 사람이 일생을 아프지 않고 살면 얼마나 좋겠습니까. 그러나 의사들도 먹고 살라고 신은 사람을 가끔 아프게도 하여 놓았는가 봅니다.

겉에 난 상처는 옆 사람이 보아도 알 수가 있으므로 약을 발라주던지 병원 치료를 위해서 병원으로 데리고 갈 것입니다. 그러나 허리가 아프던지 아니면 머리·다리, 또는 마음이 아플 때는 옆 사람이 알까요, 모를까요.

본인은 얼마나 아픈지 누구보다 더 잘 알 것입니다. 그러나 보이지 않는 곳의 아픔은 아무리 부부라 해도 그 아픔의 정도를 잘 모를 것입니다. 그때 내가 이렇게 아픈데 상대가 나의 아픔을 알고 치료해 주겠지 하고 기대하고 있다가 나중에 몰라준다고 서운한 생각을 하면 안 되는 것입니다.

아픈 사람 자신이 스스로 알아서 적게 아프면 약방에 가서 약을 사다 먹든지 배우자에게 '내가 이렇게 아프니 약을 좀 사다 주세요' 하고 도움을 청하면 될 것입니다. 많이 아프면 내가 알아서 병원에 가든지 아니면 배우자에게 '내가 이렇게 많이 아프니 병원에 함께 가주세요' 하고 도움을 청해서 치료를 해야 할 것입니다. 아파도 말을 하지 않고 있는 것이 현명한 방법은 아니라는 것입니다.

서로 알리고 대책을 세워서 건강한 삶을 사는 것이 현명한 방법이라는 것을 말해드립니다. 남편이 아프면 여자들은 그래도 어느 정도 알아차리지만 여자가 아프면 남자들은 태생적으로 둔한 신경을 가지고 있어서 잘 모릅니다. 꼭 이 말 잊지 말아 줄 것을 부탁합니다.

7. 미국 시골 우체국에 젊은 청년 집배원이 한 명 있었습니다. 그 집배원이 편지를 배달하러 꽃은 물론이고 풀 한 포기 나무 한 그루 없는 아주 사막이나 다름없는 황량한 길을 매일 다녔습니다. 그 길에 있는 것은 자갈들과 거친 모래들, 그리고 모래바람뿐이었습니다. 그 길을 다니면서 '내가 이 청춘을 이런 곳에서 평생을 바쳐야 하나' 하는 생각을 하면 어깨에 힘이 쭉 빠지고 서러움이 밀려 왔습니다. 그러나 다른 방법이 없었습니다. 살기 위해서는 그 일을 할 수밖에 없었으니까요. 희망이라고는 없는 그 길, 죽지 못해 다니던 그 길.

어느 날 그 청년은 무릎을 탁 치는 생각이 떠올랐습니다. 내가 왜 이 생각을 못했지, 하고 그 날부터 주머니에 꽃씨를 가득 넣고 다니면서 뿌리기 시작했습니다. 싹이 트는 것을 보면서 돌을 치워주고 다시 씨를 뿌리고 하기를 반복하자 그 길에는 꽃나무들이 자라고 꽃이 피기 시작하였습니다. 그리고 몇 년 후 세상에서 가장 아름다운 길이 되었습니다. 그 길을 지나는 사람들은 모두 다 그 길의 아름다움을 칭찬하였습니다.

결혼생활도 마찬가지입니다. 내가 가꿔 나가야 하는 아름다운 꽃길을 만들기 위해서 노력해야 하는 길이 바로 결혼이라고 생각합니다. 그러나 결혼의 시작은 위의 길처럼 삭막한 길이 아닙니다. 그보다는 좋은 길을 더 아름답게 가꾸는 것입니다. 위에 말한 배달부보다는 더 좋은 조건인 것입니다. 다 할 수 있으리라 생각합니다.

　끝으로 여기 서 계신 신랑과 신부의 신혼가정, 여기 계신 모든 분들, 행복과 행운이 영변에 약산 진달래꽃처럼 만발하기를 기원드리면서 이만 제 주례사를 마치도록 하겠습니다. 조금 긴 이야기 조용히 잘 들어주셔서 대단히 감사합니다.

[※ 이 주례사는 앞에 있는 것들을 짜깁기해서 쓴 것입니다.]

네 탓 내 탓

네 탓 내 탓을 서로 하지 말아야 한다고 생각합니다.

잘된 일은 당신 때문에 잘되었다고 하고 잘못된 일은 내 탓이 크다고 얘기하는 그런 마음가짐으로 살아가신다면 정말 좋은 부부가 될 것입니다.

그러나 성인군자가 아닌 이상 그런 마음을 갖는다는 것은 정말 어려운 일이라고 생각합니다. 다만 그런 마음을 갖도록 노력을 하는 것이 부부간에 행복을 정복하는 길이 되리라고 생각합니다. 등산을 하는 분들의 노력을 여기에 비교하면 어떨까 하는 생각을 말씀드립니다.

어떤 부부가 오랜 노력 끝에 아파트를 한 채 어렵게 마련하였답니다. 그런데 여태까지 하루 밤 지나면 몇 천만 원씩 오르던 아파트가 이들이 사자마자 내림새로 돌아서 집값이 반 토막이 되는 지경에 이르렀답니다. 한 마디로 막차를 탄 셈입니다. 그때 한 사람이 적극적으로 반대를 하였으면 그 아파트를 샀을까요. 두 사람 마음이 어느 정도 합의를 했기 때문에 그 아파트를 샀을 것입니다.

그러나 둘은 서로 네 탓이라고 하며 싸움을 시작해 결국 헤어지고 말았답니다. 참 눈물겹고 가슴 아픈 일입니다.

　아파트가 아니라도 그와 비슷한 일은 흔하게 있을 수 있는 일입니다. 이때, 나 때문에 그런 일이 생겼다고 하면서 서로 위로를 하고 그 고비를 넘겼다면 어떻게 되었을까요. 그 고통을 교훈으로 더 좋은 일을 만들었을 것이란 생각이 듭니다. 부부가 그런 일로 헤어진다면 그다음은 행복이 보장될까요. 한 번 깨진 쪽박 찬 놈은 다른 곳에 가도 깨진 쪽박 찬다는 말이 있습니다. 부부간에 이혼하고 다른 사람과 다시 만나는 사람 보면 역시 그 팔자가 그 팔자인 것을 우리는 많이 봅니다. 어지간하면 서로 참고 참으면서 살아가는 마음을 가져야 한다는 것을 말씀드립니다.

남자와 여자는 태생적으로 다른 것

여자들은 여자들끼리 서로 속을 털어놓고 흉금 없이 애기하고 가까워짐이 쉽게 이루어지지만 남자들은 서로 자기를 드러내는 습성이 약하다고 합니다.

어떤 사람은 '남자는 이해하는 것이 아니고 외우는 것이다'라고 말을 하였습니다. 남자는 참으로 단순한 성질을 가졌다는 것입니다. 여자들은 이런 점을 잘 이해를 하여주면 부부간에 좋은 사랑이 이루어지리라고 생각을 합니다.

'남자의 눈물은 하느님도 눈치채지 못 한다'라는 말이 있습니다. 하느님은 눈치를 못 채도 아내는 눈치를 채는 지혜를 갖도록 노력을 하라는 것입니다.

반대로 '여자의 눈물은 하느님도 기억을 한다'라는 말이 있습니다. 이 말은 남자가 기억을 해야 하는 말이라고 생각합니다. 여자가 눈물 흘릴 일을 가급적 하지 말아야 한다는 것을 애기하는 것입니다. 여자의 눈물, 하느님이 기억하지 못 하도록 먼저 남편이 아내의 눈물을 흘리지 않도록 하여야 할 것입니다.

집에서 귀하게 여겨야 다른 사람도 귀하게 생각하는 것입니다. 집에서 천덕꾸러기는 나가서도 대접을 못 받는 것이 세상의 이치이고 진리입니다.

부부간에는 너무나 완벽하려고 하지 않아야 합니다. 김밥이나 떡이나 빵이 네모 반듯한 것보다 부스러기나 끝부분 잘라놓은 것이 더 맛있고 먹기 편하고 더 배부를 때가 있을 때도 있습니다.

원칙을 따지려 하지 말아야 합니다. 부부지간에는 원칙보다는 알아도 모른 척, 살며시 덮어주고 안아주어야 하는 것들이 많이 있다는 것을 알아야 합니다.

남에게는 반듯함을 보이며 살려고 노력을 하는 것이 사람입니다. 그러나 부부간에는 반듯함보다는 편안함, 그것이 더 어울리는 것입니다.

절대 남과 비교하지 마십시오. 신랑은 신부를 신부는 신랑을 남과 비교하면 안 되는 것입니다.

끝으로 여기 계신 신랑과 신부님 행복과 행운이 여수 오동도 동백꽃처럼 활짝 피어나기를 기원드립니다.

감사합니다.

당신이 행복해야 내가 행복하다

내가 행복하기를 바라십니까.

내가 행복하려면 곁에 있는 배우자가 행복해야 나도 행복을 안을 수 있는 것입니다. 곁에 함께 사는 사람이 불행하면 내가 어떻게 행복하겠습니까. 내가 행복하게 살고 싶으면 곁에 있는 사람 즉 배우자가 행복해지도록 항상 노력하십시오.

행복은 큰 것에 있는 것이 아니고 작은 것, 사소한 것에 있다고 사람들은 말을 합니다. 작은 것에 인색하지 말고 소홀하지 말 것을 권합니다.

우리는 일상생활 중에서 TV와 함께 하는 시간이 정말 많습니다. 매일 앉아서 TV 켜 놓고 드라마나 보고 있으면 안 됩니다. 드라마는 가급적 보지 마십시오. 교양 프로나 시사 또는 문화, 경제 등등 볼 것 참 많습니다. 아니면 책을 읽는 독서습관을 기르십시오.

드라마는 시대상을 반영한다고 하지만 미리 이끄는 역할도 더러는 합니다. 그것이 작가의 상상력이니까요. 작가들은 교훈적인 것보다는 못된 모습을 많이 그려서 재미를 줄려고 하는 습성이 있습니다. 그런데 그걸 모르고, 아니 안다고 해도 자신도 모르게 그 못된 장면들이 가슴에 심어지는 일들이 많이 있습니다. 그 심어진 것들이 외래식물처럼 싹이 터서 우리를 점령할 수도 있습니다.

요즈음 드라마를 보면 부자와 결혼해서 신분 상승하는 한탕주의, 결혼해서 살아보면 맞지 않으니까 싸우고 이혼하고, 헤어진 후에는 평생 원수가 되어서 잔인한 복수하고, 이런 것이 우리 삶에 뭐 보탬이 되겠습니까.

조건을 사랑하면 절대 안 되는 것입니다. 물론 살아가자면 조건이 중요한 요소 중의 하나가 될 수 있습니다. 그러나 나와 걸맞은 조건을 원해야 합니다. 내가 기대고 덕을 보려고 조건이 아주 좋은 것만 보면 안 되는 것입니다. 상대의 덕을 보려고 하지 말고 아주 적은 것이라도 내가 덕을 보여주는 사람이 되어야 평생 행복을 가질 수 있는 것입니다.

명품을 가지기 전에 내가 명품이 되어야 하는 것입니다. 그리고 그걸 신랑에게, 또는 신부에게 안겨주세요. 안겨주기 전에 안아줄 것입니다.

사랑은 있는 그대로를 좋아해야 하는 것입니다. 있는 그대로가 너무나 좋아서 좋아해야 하는 것입니다.

서로 죽도록 좋아하십시오. 그렇게 좋아하는 습관을 기

르십시오. 정말 좋아하는 사랑을 하십시오. 틀림없이 행복해질 것입니다.

행복의 향기로 짠 황금빛 카펫이 평생 두 분이 가는 길에 쭉 펼쳐지리라 믿습니다.

주례사 77

결혼은 평생계약

지금 신랑과 신부 두 분은 양가 부모님과 친척 친지들을 모신 자리에서 평생 제일 중요한 계약을 합니다. 평생 두 분 서로 이해하고 서로 돕고 서로를 감싸안으며 한 평생을 함께 잘 살아가겠다는 조항의 계약입니다. 이 계약은 일생에 단 한 번 하는 계약입니다. 평생 어김없이 잘 지켜 나가야 하는 계약입니다

결혼은 신랑과 신부가 가정이라는 공동생활을 행함에, 자신을 희생하는 정신을 길러 서로 도와가면서 애정을 더 승화시키고 행복의 길을 닦으며 평생을 한 몸처럼 살자는 결의입니다.

사람이 살아가면서 행복한 날이 많겠지만 여기 서 계신 두 분도 행복한 날이 오늘부터 계속되리라 생각하지만, 그러나 사람이 살아가는 일이란 그리 만만한 것이 아닐 수도 있습니다. 희망의 뒷마당엔 절망이 있을 수 있고 성공의 이면에는 실패가 있을 수 있는 것입니다. 기쁨의 왼쪽에는 슬픔이 있을 수 있는 것입니다. 이것은 마치 아파

트 앞쪽인 남쪽엔 양지쪽이어서 꽃이 일찍 피지만 아파트 뒤쪽으로 돌아가면 그늘진 쪽이 되어서 꽃이 늦게 피는 것과 같은 인생살이가 있을 수도 있는 것입니다. 사람이 살다 보면 꼭 아파트 앞쪽만 다니는 것은 아닙니다. 아파트 뒤쪽도 갈 수 있는 것입니다. 이럴 때 불평을 가급적 줄이는 노력을 하십시오. 배우자가 있다는 것을 위안으로 삼으십시오. 이것이 나의 큰 기쁨이라 생각을 하면서 또 서로 도와줄 수 있는 것을 큰 기쁨이라 생각하십시오. 배우자의 불행이 바로 나의 불행이란 생각의 변치 않는 진리를 가슴에 품고 살아가실 것을 말씀드립니다.

이것은 바로 부부간에 신뢰의 문제입니다. 이 세상에서 누구보다도 부부간에는 신뢰가 깊어야 한다고 생각을 합니다. 팥으로 메주를 쒀도 콩으로 메주를 쑨 것으로 인정을 해주고 그렇게 알아주는 것, 이것이 바로 부부가 지켜야 할 믿음이라 나는 생각을 합니다. 우리는 감정이 있는 동물이기에 어렵겠지만 눈에 콩깍지가 쓰이면 꼭 그런 믿음을 가진 부부가 되리라고 믿으며 두 분께 말씀을 드리고 싶습니다.

다음은 부부가 서로 지켜야 할 예의가 반드시 있으리라 생각을 합니다. 이 세상을 살아가는 데는 언제 어느 곳에서나 지켜야 할 예의와 기초질서가 있는 것입니다. 이 세상에서 제일 가까운 사이인 부부지간이라 할지라도 부부 간에 지켜야 할 예의만큼은 꼭 지키며 살아가실 것도 함 께 말씀을 드립니다.

항상 행복한 가정 이루시고 항상 행운도 함께 하길 기 원드리면서 이만 주례사를 마치겠습니다. 여기 계신 모든 분들 행복한 날 되시기를 함께 기원합니다.
대단히 감사합니다.

그밖에 좋은 말들, 부부 교훈

· 칭찬과 격려는 가장 좋은 보약이다. 바가지를 긁는 것
  은 내 머리통을 호미로 파는 것과 같은 것이다.

· 사랑과 감사를 재료로 쓰는 요리사가 되어라, 불평과
  짜증의 양념은 사용하지 말라.

· 남편을 왕으로 만들면 나는 저절로 왕비가 된다.

· 남편이 편하게 얼굴을 마주할 수 있도록 얼굴은 미소의
  꽃밭을 만들어라.

· 남편의 기를 살려주어라. 남자는 자존심으로 사는 동물
  이다. 남편의 자존심에 상처 내지 말아라.

· 남편을 돈 버는 기계라 생각하지 말라. 휴식을 즐길 수
  있는 배려도 가져야 한다.

· 남편과 취미생활을 함께 하는 것도 좋은 방법. 서로 즐

긴다. 따로국밥이 되면 안 된다.

· 친정과 비교를 하지 말고 시댁을 위해서 살아야 한다.
그러면 남편도 내 친정을 위해서 정성을 다할 것이다.

· 허황된 꿈을 갖지 말고 열심히 일하는 삶을 살아라.

· 남편도 아내에게 위와 같이 하라.

· 하늘이 무너져도 땅이 꺼져도 내 남편이고 내 아내라는
것을 잊지 말아야 한다.

· 항상 아끼는 마음의 측은지심을 가져라. 항상 헌신하는
마음을 가져라. 자기중심이 되면 안 된다.

· 서로에게 잘못함을 따지지 말고 문제가 생기면 서로가
애착을 갖고 해결을 하라. 서로 소통하여야 한다. 그림
자밟기 하면 안 된다.

· 독설을 퍼붓고 화를 내는 것은 낭떠러지에서 사는 것만
못하다는 말이 있다.

· 결혼은 여행의 시작이다. 좋은 길동무랑 여행을 하여야
즐거운 것이다.

· 가장 가까운 사이라 소홀해질 수 있다. 꼭 필요한 사람이 바로 부부라는 것을 항상 마음에 품어라.

· 결혼은 세상에서 제일 중요한 약속이라는 것을 명심하여야 한다.

· 아무리 유명한 신랑 신부라 하더라도 존경하는 마음과 사랑이 없다면 그것은 행복한 부부가 될 수 없을 것이다.

· 목욕탕에 들어가 앉아 있는 것 같은 아늑함이 있는 가정, 이런 가정 이 세상에서 제일 좋은 가정일 것이다.

· 부부는 남녀의 인격체의 만남. 서로 독립된 인격체로 만나 서로 보완하며 사는 것.

· 부부 관계는 권위주의나 상하관계가 아닌 평등한 관계.

· 부부간에 행복과 만족은 자녀들에게도 영향이 간다는 것을 명심할 것.

· 있는 그대로를 보아야 한다. 존경하는 마음을 가져야 한다. 다른 사람과 비교는 제일 나쁜 파멸의 길.

· 서로 무관심하면 안 된다. 서로 대화를 해야 한다. 스

트레스를 해소 하는 방법을 연구해야 한다. 함께 즐기
며 해소하는 방법을.

· 부모 형제 친척 간에도 밀접한 관계를 잊지 말 것. 형
제 간에는 서로 격려하고 겸손하고 짐이 되는 일을 하
지 않도록. 잘 산다고 교만하지 말고 못산다고 비굴해
하지 말 것.

· 이혼을 하면 절대 안 되는 이유 - 6을 고쳐 쓰면 3을
이익 보아 9가 된다. 2를 고쳐 쓰면 역시 3을 이익 보
아 5가 된다. 그러나 8자를 고쳐 쓰면 그 팔자는 이익
이 하나도 없는 8자 밖에 되지 않는다. 사람 팔자 역시
고쳐보아야 그 팔자가 그 팔자인 것이다.

· 사랑은 거대하게 하는 것이 아니다. 큰 탑이나 큰 건축
물처럼 하는 것이 아니고 따뜻한 말 한마디가 가정을
튼튼하게 하는 것이다.

· 단점이 보이는 눈은 감고 장점이 보이는 눈은 크게 떠라.

· 어떤 경우에도 남과 비교하지 말라.

· 화를 마음에 품은 채 함께 잠자리에 들지 말라.

· 애정도 좋지만 경제도 애정을 좌우할 수 있다. 굶고도 사랑만 할 수 있는 사람이 과연 이 세상에 얼마나 있겠는가. 열심히 일하여 부자로 사는 것도 애정에 도움이 될 것이다.

· 가슴에 못 박는 일은 하지 말라. 10초의 혀 놀림이 가슴에 10년을 간다.

· 잠자리의 기쁨이 부부에게는 가장 중요한 관계를 형성한다는 것을 잊지 말라.

· 전쟁에 나갈 때는 한 번의 기도를 하고 바다에 나갈 땐 두 번 기도하고 결혼을 할 때는 세 번 기도를 해야 한다는 러시아 속담이 있다고 한다.

· 결혼을 하면 나를 상대에 맞게 바꾸려고 노력하여야 한다.

· 덕을 보려는 생각보다는 덕을 보여주려는 생각,
사랑을 받으려는 생각보다는 사랑을 해주려는 생각,
따뜻이 안아주기를 바라는 생각보다는 따뜻이 안아주려는 생각으로 살아야 한다.

제 4 장

주례인이 알아두어야 할 점
사회자를 위한 도움말 몇 가지

주례인이 알아두어야 할 점

1. 자신의 가정이 크게 결격사유가 안 되는지 한번 뒤돌
   아본다.

   옛날부터 무슨 의식이든 그 의식에 관련된 일을 할
   사람은 그 의식과 관련하여 좋지 않은 일이 없었어야
   함을 중요시하여 왔음을 알아야 한다.

   물론 사회적인 지위가 높은 것도 좋고 학식이 풍부한
   것도 좋은 점이 되겠으나 그보다는 가정이 다복한 분
   이 결혼 주례에는 더 적임자라고 나는 생각을 한다.

   그 한 예로 사별을 한 사람이나 한 술 더 떠서 이혼
   을 한 사람이 결혼 주례를 본다는 것은 아무리 자기
   가 사회적인 지위가 높은 고위 공직자나 학식이 높은
   대학교수라 해도 한 번쯤 스스로 뒤돌아보고 주례 허
   락을 해야 하지 않을까 생각한다.

2. 주례 청탁을 받을 때는 청첩장을 받아두거나 메일이
   나 손전화의 문자로 청탁을 받아두는 것이 확실하고
   좋은 방법이다.

3. 주례는 결혼식 2,3일 전에 반드시 행사 확인을 다시 한번 해야 한다. 날짜와 요일 그리고 시간을 한 번 더 확인하는 것이 좋을 것이다. 혼주댁에서 청탁을 받았으면 혼주댁에, 예식장에서 청탁을 받았으면 예식장에, 주례협회에서 청탁을 받았으면 주례협회에 반드시 확인 전화를 하는 것을 잊지 않아야 한다.
   나는 그것이 예의라 생각을 한다. 그리고 만약의 실수를 미연에 방지할 수 있는 길이기도 하다.

   이것은 여담인데 내가 한번 실수한 일이 있었다. 예식장에서 주례 청탁이 와서 약속을 했는데, [2일 전에 전화로 확인을 하긴 했었는데 그때도 20일을 21일로 알아들었던 것 같았다] 요일은 서로 얘기가 없었고 20일을 21일로 잘못 듣고 다른 곳에서 볼일을 보다가 30분 전에 예식장에서 전화가 와서 급하게 가서 예식을 진행한 적이 있었다.
   다행히 30분 내에 갈 수 있는 거리에 있었고 외출 중 의복이 갖추어져 있어서 큰 실수 없이 예식을 마칠 수 있었지만 만약 실수했다면 그 모든 정신적 물질적 책임은 내가 져야 했을 것이라 생각하면 지금도 정신이 아찔하다. 물론 도덕적 책임이 더 컸겠지만 그러나 현실적으로는 손해배상을 청구해올 시 물질적으로의 책임이 얼마나 컸겠는가. 여기 그 주의점을 강조하기 위하여 사례를 적는다.

4. 주례는 결혼식 날 아침에 목욕을 깨끗이 하고 복장 단정히 해서 예식장에 가야 한다.

내가 한 번 이런 일이 있었다. 주례협회에서 청탁을 받고 주례를 보기 위해서 예식장에 갔었는데, 갈 때 바람이 몹시 불어서 머리가 바람에 조금 헝클어졌었던 모양이었다. 예약실에 들려서 왔다는 확인인사를 하고 화장실에 가서 거울을 보고 머리를 빗으로 다시 손보고 예식에 임했었는데 예약실에서 주례협회에 전화해서 머리를 그렇게 하고 왔더라고 연락이 간 모양, 바로 협회에서 주의 전화가 왔다.

5. 주례는 예식장에 갈 때 대중교통을 이용하고 자가용으로 가는 것은 가급적 삼가해야 한다. 만약 본의 아니게 접촉사고라도 난다면.

6. 주례는 예식장에 예식 1시간 전에 도착할 수 있도록 한다.

7. 청탁을 받은 분[예약실, 신랑이나 혼주님, 또는 관련된 분]에게 왔다는 얘기를 한다.

8. 신랑과 신랑댁에 인사하고 주례사에 부탁할 말이 있는가 서로 얘기를 나눈다.

9. 사회 볼 사람 그리고 예식장 도우미 아가씨와 진행 및 소개에 대한 의견 교환을 한다. 간단한 약력을 사회에게 전한다.

10. 혼인서약서 그리고 성혼 선언문에 신랑과 신부의 이름이 맞게 적혀있는가 확인을 한다. [이름이 잘못 적혀있거나 서약서가 다른 사람과 바뀐 경우가 있을 수도 있음]

11. 마이크 확인을 해보도록 한다. 소리 크기가 마음에 들지 않으면 실무자에게 조정해달라고 미리 귀띔한다. 거리 조절로 음량을 맞추는 것도 좋은 주례 사를 할 수 있는 한 방법임.

12. 예식장에 혼주석 위치나 화촉의 위치 등이 주례가 알고 있는 예식문화와 틀리게 되어 있으면 조용하게 관계자와 의논해서 그대로 하든지 고치도록 한다. 자기 생각과 다르게 되어 있다고 무조건 바꾸어 놓거나 예식장에 잘못을 지적하는 것은 삼가해야 한다.

13. 손전화기는 진동으로 해 놓아야 한다.

14. 사회가 진행순서를 잘못 실수로 바꾸어 진행하더라도 주례가 잘 기억하고 있다가 유머로 모면하면서 바른 진행을 하도록 해야 한다.

15. 종교적 예식이 아닌 일반적인 예식의 경우 종교적인 내용은 주례사에 부적합함.

16. 개인적인 PR이나 멘트도 부적합함.

17. 주례사는 약 5분 정도로 짧은 주례사를 하는 것이 바람직하나 예식의 성격에 따라서 조정해야 한다고 생각한다. 주례사는 신랑과 신부에게 도움이 되고 진정으로 축복의 말을 간단명료하게 하는 것이 좋으리라 생각한다.

18. 예식이 끝나면 혼인 서약서와 성혼선언문을 신랑댁 부모님께 드리고 양측 혼주님께 축하의 인사를 한다.

19. 신랑과 신부에게 덕담 한 마디쯤 다시 하고 사진을 찍는다.

20. 특히 주의해야 할 사항은 신랑과 신부 또는 예식장에서 예식을 도와주시는 아가씨나 아주머니들, 피로연장에서 일하시는 분들에게 반말이나 낮춤말은 쓰지 않는 것이 자신의 품위를 높이는 행동이라고 생각을 한다.

21. 주례가 참고삼아야 할 절 시키는 법

　　서서 하는 것은 경례 (실외에서 하는 것)

　　앉아서 하는 것은 절 (실내에서 하는 것)

　　절은 큰절 (읍을 하고 하는 절)

　　평절 (읍이 없이 하는 절) 등도 참고로 알아야 할

　　사항이다.

사회자를 위한 도움말 몇 가지

1. 사회자도 예식 1시간 전에 식장에 도착하여야 한다.
2. 신랑 부모님께 인사한다.
3. 예물 교환이 있는지 축가가 있는지 신랑과 의논한다.
4. 주례 선생님에게 인사하고 약력을 받는다.
5. 예식 안내를 하는 아가씨에게 예식 순서에 대한 설명을 듣는다.
6. 예식 순서는 예식장에 따라서 조금씩 다를 수도 있다. 다시 한번 읽어 숙지한다. 신랑 신부 이름과 혼주의 이름을 적어 넣는다.
7. 예식 순서에 아름다운 구절을 넣어 가면서 예식 순서를 진행하는 것도 좋지만 너무 장황한 구절을 많이 넣는 것은 자제하는 것이 좋다.
8. 가급적 박수를 많이 유도하는 것도 좋다, 박수 유도는 식순에 따라서 너무 늦지 않게 적절한 타이밍을 맞추어야 한다.
9. 신랑과 신부 행진 전에 이벤트라고 신랑과 신부에게 약간의 장난을 시키는데 간단한 것 한 가지 정도는 좋지만 너무 무리한 것은 자제하는 것이 좋다.

신랑과 신부에게 시키는 이벤트의 종류는 많지만, 많이 하는 것으로 여기 몇 가지만 적어본다.

· 신랑이 만세삼창 하면서 신부 이름 부르며 "당신만 평생 사랑할게요."
  신부 "나도 당신만 사랑할게요."
· 신랑이 신부를 안고 앉았다 일어나며 신부 이름 부르며 "당신만 평생 사랑할게요."
  신부 "나도 당신만 평생 사랑할게요." 3회 실시.
· 신랑 만세삼창 하면서 "봉 잡았다" 하면
  신부는 만세 삼창하면서 "땡잡았다" 한다.
· 신랑이나 신부가 앉아서 신랑이나 신부 발목 잡고 "이제 발목 잡혔다" 3회
· 신랑이 장모님 업고 한 바퀴 돌기.
· 신랑 하체 테스트 팔 굽혀 펴기. 3회.
· 신랑이 팔 굽혀 펴기 할 때 신랑 등에 신부가 앉아서 "아이 행복해" 3회.
· 만세삼창 하면서 "총각 해방이다" 만세삼창 하면서 "처녀 해방이다" 3회.
· 신랑이 신부 안고 앉으며 "오늘밤" 하면 일어날 때 신부가 "잠만 잘 거야" 한다. 3회.
· 신랑이 팔 굽혀 펴기 하면서 "오늘밤 죽여줄게" 하면 신부가 손으로 만세하면서 "아이 좋아 아이 좋아" 3회.
· 뽀뽀뽀 노래를 사회자가 부르면 뽀뽀뽀 나올 때마다 신

랑과 신부 뽀뽀하게 하기.

· 진한 키스하기. 뽀뽀가 아닌 키스.

· 신랑이 신부 드레스 속으로 들어가 "여기가 천국이다" 3회 외치기.

· 신랑이 신부 드레스 속에서 만세삼창 하기.

· 신랑이 신부 앞에서 댄스.

· 신랑과 신부 서로 마주 보며 춤추기.

· 신랑이 신 벗으세요, 신부를 주세요. 신부 신발로 신랑 때리며 "이 도둑놈아 날 잘 모셔라" 외치기. 3회.

· 신랑 신 벗으세요, 코에 신 대보세요. 오늘 밤 입을 신부 속옷 사주셨어요? 안 사주셨으면 빨리 한 바퀴 돌며 돈 구해오셔요. 돈 걷어오면 사회가 돈은 이리 가져오세요. 돈은 사회가 보관합니다. (신혼여행 갈 때 신랑에게 준다) 30초 안에 한 바퀴 돌아오십시오. 하나 둘 셋 넷 하고 30초 센다.

· 신발 벗으세요. 신부를 위해서는 구걸도 할 수 있는지요. 돌면서 돈 걷어 오세요. 역시 30초 센다. 걷어온 돈을 잘 정리하세요. 그 돈을 어머니나 장모님 두 분 중 한 분께 드리세요. (신랑이 장모님께 드리면) 이래서 아들 낳아보아야 소용없다고 하는 말이 맞는가 봅니다.

※ 나 개인적인 생각으로는 돈 걷는 것은 별로 좋지 않은 장난으로 생각됨. 결혼 축하해주러 와서 이미 축의금을 냈는데 거기다 또 부담을 주는 것은 작든 많든 간에 결례 중에 결례라고 생각함.

※ 결혼식날 구걸하면 잘 살지 못한다는 말도 있으니 이런 장난은 하지

않는 것이 좋음. 다만 그런 것도 모르고 더러 하는 장난이기에 알려주기 위해서 여기 서술하였음.

· 혼인 서약을 다시 하겠습니다. 신랑은 이 사회가 하는 대로 따라해 주십시오.
"1. 밥은 내가 한다. 2. 빨래도 내가 한다. 3. 월급 봉투는 모두 다 가져다 바친다."
다음은 신부가 따라 하십시오. "다 소용없다. 밤일만 잘해 주면 된다."

등등 많이 있지만 많이 하는 것들을 위주로 대충 열거하였음.

· 예식이 끝나면 주례 선생님과 신랑 신부 부모님께 인사하는 것도 잊지 말 것.

제 5 장

결혼식순
혼인서약서
성혼선언문

결혼식순

▶ 시작 안내

밖에 계시는 내빈 여러분께 안내 말씀드립니다.

잠시 후 신랑 ○○○군과 신부 ○○○양의 결혼식을

거행하겠습니다. 내빈께서는 식장 안으로 들어오셔서

자리에 앉아주시기 바랍니다.

1. 개회사

지금으로부터 ○○○님의 ○남 ○○○군과

○○○님의 ○녀 ○○○양의

결혼식을 거행하도록 하겠습니다.

사회자 소개

저는 오늘 사회를 맡아볼 신랑 친구 ○○○입니다.

2. 화촉점화

그러면 먼저 양가 어머님의 화촉점화가 있겠습니다.

어머님들 입장하여 주십시오.

오늘이 있기까지 정성으로 길러주신 어머니의 은혜에

깊은 감사를 드립니다.

뜨거운 박수 부탁합니다.

[화촉점화 후] 이제 어머님께서는 서로 인사를 나누어 주시기 바랍니다. 악수 한 번 하십시오.

이제 하객을 향해 인사를 드리시겠습니다.

자리에 편안하게 앉아주십시오.

3. **주례 소개**

주례 선생님 등단하여 주십시오.

주례 선생님을 소개하겠습니다.

주례 약력 소개

오늘 주례로 수고해 주실 ○○○ 선생님께 박수 부탁드립니다.

4. **신랑 입장**

다음은 신랑 입장이 있겠습니다.

늠름한 신랑 ○○○군의 입장입니다.

신랑 입장.

큰 박수 부탁드립니다.

5. **신부 입장**

다음은 신부 입장이 있겠습니다.

오늘의 아름다운 꽃 신부의 입장이 있겠습니다.

신부 입장.

큰 박수 부탁드립니다.

6. 맞절
다음은 신랑 신부 맞절이 있겠습니다.

7. 혼인서약
신랑과 신부의 혼인서약이 있겠습니다.

※ [예물 교환이 있을 경우 혼인서약을 한 후에 하는 것이 적합할 것으로 생각한다.]

8. 성혼선언문
성혼선언문 낭독이 있겠습니다.

9. 주례사
이어서 신랑 신부가 앞으로 살아가는데 지침이 될 주례 말씀이 있겠습니다.

10. 축가
신랑 친구 ○○○님의 축가 순서가 있겠습니다.

11. 감사 인사
다음은 신랑과 신부가 양가 부모님과 하객께 감사의 인사를 드리겠습니다.

12. 케이크 컷팅

다음은 신랑과 신부가 축하케이크 컷팅을 하겠습니다.

※ [사회가 마련한 이벤트를 하려면 행진 전에 한다.]

13. 행진

두 사람이 밝고 희망찬 미래를 향해 행진하겠습니다.
하객 여러분들께 힘찬 축하에 박수 부탁드립니다.
신랑 신부 행진.

14. 폐회사

이상으로 신랑 ○○○군과 신부 ○○○양의 결혼식을 모두 마치겠습니다. 피로연 장소는 ○층에 마련되어 있습니다. 감사합니다.

▶ 사진 촬영

가족 친척 친구분들의 사진 촬영이 있습니다.

혼인서약서

신랑 ○○○군과 신부 ○○○양은
어떠한 경우라도 항시 사랑하고 존중하며
어른을 공경하고 진실한 남편과 아내로서의 도리를
다할 것을 맹세합니까?

성혼선언문

이제 신랑 ○○○군과 신부 ○○○양은

그 일가친척과 친지를 모신 자리에서 일생동안
고락을 함께할 부부가 되기를 굳게 맹세하였습니다.
이에 주례는 이 혼인이 원만하게 이루어진 것을
여러분 앞에 엄숙하게 선언합니다.

2010년 ○○월 ○○일
주례 ○○○

* "주례가 서명하였습니다" 라고 말한다.

제 6 장

신랑과 신부를 위한
결혼 준비에서부터
혼인 신고까지

신랑과 신부를 위한
결혼 준비에서부터 혼인 신고까지

시간이 꽉 짜여져 있는 현대인의 생활상을 감안할 때 결혼 준비는 여유를 두고 미리미리 차근차근 해 나가는 것이 좋으리라 생각한다. 결혼 전부터 결혼식이 끝날 때까지 행사준비에 관한 것을 적는다.

1. 약 6개월 전
· 결혼 준비 설계, 결혼자금 등 계획 수립.
· 예식장 예약 : 예식장은 신랑집보다는 신부집이 가까운 곳으로 하는 것이 좋음. 교통, 비용, 음식, 서비스 등을 고려해서 계약한다.
· 드레스, 사진, 야외 촬영, 주례, 폐백음식, 부케, 등등 모든 것을 다 예식장에서 일괄할 수 있음, 일절 알선. 또는 직영으로 함께 하고 있음도 참고할 것.
· 신혼집 준비 : 등기부등본 확인. 전입신고나 확정신고. 부모와 1,2년 함께 살면서 고운 정도 쌓고 가문의 풍습 예절, 음식, 만드는 법 등을 익힌 뒤에 분가하는 것도 좋으리란 생각이지만 그건 나 개인적인 생각이다. 그런

여건이 안 될 경우 신혼집 준비를 할 때는 확정일자, 전입신고 등 법적으로 확실히 해두어야 할 것은 확실히 해둘 것.

2. 약 3개월 전
· 신혼여행 예약, 여권 및 비자 만들기.
· 야외 촬영 및 웨딩사진 예약.
· 주례 섭외 및 사회자 결정.

　주례는 스승이나 직장상사나 부모님의 친지 등을 많이 섭외하였으나 보통 삼사십 만원, 많게는 백~이백 정도의 사례를 해야 한다고 한다. 그리고 신혼여행 후 인사차 선물들고 찾아가야 한다고 한다, 그런데 지금은 전문 주례인이 있어서 예식장에 의뢰하거나 아니면 직접 인터넷에 들어가거나 아니면 주례인으로 활동하시는 분에게 섭외시 십만 원이면 좋은 주례님을 모실 수 있음을 참고로 말한다.

3. 약 2개월 전
· 웨딩드레스, 예복, 한복, 신부 피부관리.

　예복은 양복으로 할 경우 평상복으로 입을 수 있게 조금 고급으로 하지만 턱시도나 연미복으로 할 때는 평상시에 입지 않는 옷이라 장롱만 차지하고 있어서 다음에 짐이 된다, 빌려 입는 편이 더 좋을 것이다.

　직장에 미리 휴가 신청.

4. 약 1개월 전
· 청첩장, 인사장 등 준비.
· 혼수, 예물, 가구 가전 등 살림 준비, 여행복 등 준비.
· 드레스, 예복, 한복 등 가봉.
· 예단 보내기.

5. 약 20일 전
· 청첩장 돌리기.
· 신혼살림집 정리.
· 신혼여행에 관한 준비 매듭짓기, 환전, 여권, 비자, 예
  방접종 등 모든 것.

6. 약 1주일 전
· 모든 것 다시 점검.
  특히 주례, 사회, 축가 부를 사람 등 다시 한번 확인
  전화.
· 폐백음식 준비, 부케 준비.
  [예식장에 모든 것 맡기면 되나 직접 마련할 때.]

7. 결혼 전날
· 한복 입는 법 숙지. 동정 맞춰 입기, 옷고름 매기, 대
  님 매기 등.
· 차편으로 이동할 경우 일기예보 및 차편 다시 확인.
· 특히 먼 곳에서 부모님이나 하객들이 올 경우 준비 확인.

8. 결혼 당일

· 시간에 쫓기지 않게 일찍 출발.

신랑과 신부는 물론 가족들, 머리손질이나 화장 등 생각보다 시간이 더 소요될 수 있는 점 감안, 신혼여행 시간도 여유 있게 맞추어 공항에 나가야 한다.

9. 신혼여행

· 신혼여행지에서 소중하고 행복한 신혼여행이 될 수 있도록 서로가 서로를 배려해서 자기주장 세우지 말고 의논대로 하거나 상대방 의견이나 입장을 최대한 따라야 한다.

특히나 첫날밤 서로 상대의 과거 일에 대해서 호기심 삼아 물어보는 일은 절대적으로 삼가해야 한다, 혹 상대방이 물어보는 경우가 있더라도 과거 일에 대해서 오해가 생길 일은 절대적으로 솔직히 말하면 안 된다, 이 부분은 첫날밤뿐만 아니라 평생 살아가면서 꼭 지켜야 할 부부간의 도리임을 명심할 것.

돌아올 때 선물은 분수에 맞는 걸로 준비하되 너무나 과분한 것은 피하고 여행하면서 좋은 가격대에 좋은 물건이 있으면 그때그때 조금씩 준비하는 것도 좋음.

10. 결혼 후

· 친정집과 시댁 방문인사. 주례 선생님 찾아가서 인사 [전문 주례인인 경우는 인사 생략해도 됨]. 도움 주신

분들에게 인사나 인사장 보내기.

· 혼인 신고는 결혼 후 1주일 내에 반드시 필할 것. 미리 시·군·구청이나 동·면사무소에 전화로 필요한 서류 문의. 서류 갖추어 신고할 것. 연령에 따라, 그때그때 법의 변경에 따라 서류가 다를 수 있기에 관계기관에 문의해 준비하는 것이 제일 좋은 방법이다.

· 전기·가스·상하수도 명의 변경, 자동차 주소변경, 신용카드, 보험 등 주소 변경 및 결제일과 잔고 확인. 의료보험, 연금 보험, 면허증 등 주소변경 등등을 해야 하지만, 지금은 많이 간소화 되어서 동면사무소에 전입신고 하면 모든 것이 일괄 처리되는 부분도 많으니 미리 전화로 문의해서 알아보고 처리해야 한다.

· 가족 생일, 제삿날 등 알아야 할 날들을 적어놓을 것.

· 집들이 준비.

이상 등을 참고로 적어 보았다. 좋은 보탬이 되었으면 한다.

제 7 장

전통혼례

1. 혼례의 중요성

결혼은 이성의 결합으로 남자와 여자가 만나서 가정이라는 보금자리를 만드는 것. 평생을 한 상에서 함께 밥 먹고 살아가면서 함께 한 이불속에서 살대고 잠을 자는 것. 아이를 낳아 기르는 것 등을 근본으로 하는 가장 기본적 종족보존의 공동체다. 사람의 일생 3분의 2정도를 부부로 함께 짝지어 살아가는 것이 우리 인생인 만큼 살아가면서 상처입지 않고 행복한 삶을 영위할 수 있게 신중에 신중을 기해서 인생의 동반자를 선택하는 것이 바르고 좋은 결혼이라고 생각한다. 이런 동반자를 맞이하는 평생에 단 한 번인 결혼식 역시 일생에서 가장 중요한 행사이다. 우리 인류는 이 중요한 행사를 격식을 갖추어 진행하고 잔치를 하고 주위에서는 축하를 하는 의례로 발전을 시켜왔다. 이에 혼례는 격에 맞추어 성스럽게 행하여야 하는 행사라고 생각한다. 그 의례의 중요성을 감안하여 사례편람에 의거한 혼례의 절차를 여기 편저한다.

2. 결혼 적령기

결혼의 적령기를 꼭 집어 말할 수는 없겠으나 나 개인적인 견해로 보았을 때 여자와 남자 모두 25세 안팎이 제일 좋은 결혼 적령기라고 생각한다. 여자 적령가임기로 제일 좋은 나이가 24세에서 28세라고 한다. 남자 역시 20대 초중반에 성욕과 성기능이 제일 좋다고 한다. 육체적으로나 정신적으로 성숙된 시기이며 교육 · 군대 · 구직 등 대부분이 거쳐야 할 통과의례를 마치고 자리잡을 시기가 바로 이 시점이라 생각한다.

40대에 결혼을 한다면 어떻게 되겠는가. 40대가 되면 남성도 갱년기를 맞아 성적욕구를 못 느끼는 사람이 많다고 한다. 40대에 결혼을 한다면 어떻게 되겠는가.

만약 40살에 결혼을 하여 아이를 낳아 기른다고 생각을 해 보자, 회갑이 넘은 늙은 나이에 자녀가 고등학교나 대학에 다니게 되면 학비 마련, 결혼자금 마련 등을 늙고 힘없는 몸으로 해야 한다. 회갑 안에 결혼을 시킬 수 있는 자녀를 두어야 한다. 아이를 너무 늦게 둔다면 늙은 뒤에 자녀 결혼을 걱정해야 한다. 경제적으로나 신체적으로 늦은 나이에 자녀들 결혼 문제까지 겹친다면 그건 큰 고생이 될 수밖에 없다.

지금은 여러 가지 여건으로 결혼 적령기가 늦어지고 있다. 30이나 40이 넘은 처녀총각을 많이 볼 수 있는데 이렇게 되면 눈만 더 높아지고 남녀의 만남에 쑥스러운 점만 더해져서 늦은 결혼이 더 늦어지게 된다. 이런 만혼의 현상은 국가적으로나 사회적으로나 개인적으로 결코 커다란 손해가 되었으면 되었지, 이익은 될 수 없을 것이다. 젊은 나이에 결혼을 하여 힘이 있을 때 아이를 낳아 기르고 부지런히 일하여 행복한 생활의 터전을 마련해야 한다.

3. 배우자 선택하기

배우자를 선택하는 방법으로는 연애결혼과 중매결혼이 있다. 연애결혼과 중매결혼 두 방법 다 장단점이 있다.

연애결혼을 할 때는 부모의 조언을 많이 받아들일 것이며, 중매결혼을 할 때는 결혼 당사자의 의사를 많이 참작해야만 좋은 배우자를 선택하여 후회 없는 결혼을 할 수 있다.

중매결혼을 할 경우, 중매인은 두 사람의 인생에 아주 중요한 다리 역할을 하게 된다. 평생 두 사람에게 지탄받지 않을 그런 중매, 두 사람의 만남에 양심적으로 손톱 끝만큼도 거리낌 없는 중매를 하여야 한다.

· 결혼 상대자를 고를 때 참고해야 할 사항

1. 집안의 질병관계나 가풍과 가품, 시어머니, 시누이 성격 등은 남자가 여자에게 얘기해야 한다. 본인의 성격이나 버릇 등도 서로 얘기해주는 것이 좋다.

2. 건강, 술버릇, 카드빚, 과거 연애에 관한 것 등을 보

아야 한다. 본인의 수입이나 빚 등도 얘기해 주는 것이 좋다.

3. 결혼을 한 뒤로는 나를 상대에 맞게 바꾸려고 노력해야 한다.

4. 혼례절차

· 육례

우리나라 예식문화는 일찍이 중국의 주자가례에 많은 영향을 받았다고 한다. 중국의 주자가례로는 혼례에 '육례'를 예식의 절차로 행하였다고 한다. 참고삼아 간단한 설명을 한다. 그러나 우리나라에도 멀리 고려, 또는 삼국시대나 그 이전에도 우리 고유의 혼례절차는 있었을 것이다, 다만 내려오면서 보태지거나 줄여져서 고쳐지며 오늘에 이르지 않았나 하는 생각을 한다.

육례란

(1) 납채 (2) 문명 (3) 납길 (4) 납징 (5) 청기 (6) 친영 이다.

(1) 납채(納采) – 국어사전에 보면 '신랑댁에서 신부댁에 보내는 예물'이라고 되어 있다. 중국에서는 선을 보기 위하여 신랑과 신부가 서로 처음 만날 때 예물을 미리 보내는 일이 있는데 이 예절을 납채라고 한다.

(2) 문명(問名) – 국어사전에는 '이름을 물음'이라 되어 있다. 중국에서는 서로 성명과 생년월일, 부모, 가문,

지체 등을 알아보는 일이 있는데, 이 예절을 문명이라고 한다.

(3) 납길(納吉) – 국어사전에는 '신랑댁에서 신부댁에 혼인날을 받아 알림'이라 되어 있다. 중국에서는 모든 조건이 합당함을 통지하는 예절이라고 한다.

(4) 납징(納徵) – 국어사전에는 '납폐와 같다'고 표기되어 있다. 혼인을 하게 된 증거로 폐백을 보내는 것이라 한다.

(5) 청기(請期) – 국어사전에는 '납폐한 뒤에 신랑댁에서 혼인날을 가려서 그 가부를 묻는 글을 신부댁에 보냄'이라 되어 있다.
중국에서는 혼례일을 정하는 예절이다.
우리나라에 연길이나 택일에 해당하는 예절이다.

(6) 친영(親迎) – 국어사전에 '신랑이 신부를 맞는 육례 중의 하나'로 되어있다. 신랑이 신부댁에 가서 예를 갖추어 신부를 맞아온다는 말이다.
친영에는 전안(奠雁)과 초례(醮禮)가 있다.

이상을 참고삼아 살펴보았다.

· 우리나라의 혼례절차

간선 - 당사자의 인물, 인품, 성행, 학식, 가품, 재물 등 등, 서로 간에 여러 가지 조건을 알아보는 것. 그러나 상대편에서 알아보려 하기 전에 본인이 먼저 가족부등초본, 건강진단서, 학력증명서, 재직증명서, 사진 등을 미리 상대편에게 보내는 것이 신뢰를 주는 성실한 예의라고 생각한다.

맞선 - 서로 만나 첫인사를 하는 교제 시작의 첫 순서.

(1) 의혼(議婚) - 국어사전에 혼인에 관한 일을 의논함. 이라 되어 있다. 신랑댁에서 청혼을 하며 신부댁에서 허혼을 하는 예절이라고 보면 될 것 같다. 간선과 맞선이 이 범주에 속하지 않을까 생각한다.

(2) 납채(納采) - 사주(四柱), 사성(四星)이라고도 하며 신랑댁에서 신랑이 태어난 생년월일시를 간지나 창호지에 써서(모조지를 써도 큰 결례는 안됨) 신부댁에 보내는 것으로 청혼서와 같은 예절로 보면 된다.
사성의 규격은 없으나 길이 1척(30센티) 가로 1척 3촌(약 40센티) 정도가 대체로 많이 쓰이는 형식이다. 이 종이를 세로로 다섯 칸으로 접어 제일 가운데 칸에 사주를 적는다. 사주는 붓으로 쓴다. 다시 다섯 칸으로 접어 위 규격이 들어갈 정도로 만든 봉투에 넣는다. 봉투 앞면에 사성(四星)이라 쓰고 뒤에는 근봉(謹封)이라 쓴다.

이 봉투를 안은 청색 겉은 홍색의 겹보에 싸서 인편에 정중하게 보낸다.

신부댁에서도 주혼하는 이가 의관을 정제하고 정중히 받는데 병풍을 치고 화문석을 펴고 그 위에 예탁보를 덮은 예탁을 놓고 신부댁 혼주와 가족들이 모인 자리에서 정중히 받아 예탁 위에 올려놓는다.

(3) 연길(涓吉) - 택일과 같음.

사성(사주단자)를 받으면 신부댁에서 혼례일을 잡아서 신랑댁에 보내는 것을 택일이라 한다. 신부의 생리일을 고려해야 하기 때문에 신부집에서 택일을 한다고 한다. 그러나 결혼일을 잡는 것은 신랑댁과 신부댁이 의논하여서 택일을 하는 것이 보통이다. 다만 택일 지를 보내는 것은 의례의 한 절차로 보면 된다.

사주단자와 같은 서식으로 간지나 창호지에 붓으로 써서 택일이나 연길이라 쓰고 봉투 뒤쪽에 근봉이라 써서 청홍 비단 보자기에 싸서 인편에 보낸다.

신랑댁에서 주혼하는 이가 의관을 정제하고 정중히 받는데 병풍을 치고 화문석을 펴고 그 위에 예탁보를 덮은 예탁에 신랑 가족들이 모인 자리서 올려놓는 예를 갖춘다.

⑷ 납폐(納幣) – 또는 납채(納采)라고도 한다. 신랑댁에서 신부댁에 보내는 신부용 혼수와 혼서지를 넣은 함이다. 분수에 벗어나지 않는, 분수에 맞는 예물을 보내는 것이 바람직하다고 생각한다.

신랑댁에서는 혼주와 가까운 일가친척이 모인 자리에서 병풍을 치고 화문석을 깔고 예탁보를 덮은 예탁을 놓고 함보, 함, 채단(청홍 비단) 백포, 예물, 청홍 실, 등을 준비해놓고 혼서지를 쓴다. 혼서지는 신랑 이 써도 되고 신랑 아버지가 써도 되지만 다른 분이 써도 큰 관계는 없다.

청사는 홍색 비단에 두르고 홍사는 청색 비단에 두른다. 예물과 예단은 동심결 하여 함속에 넣고 맨 위에 혼서지를 넣는다. 함보로 함을 싸고 백포를 8자 정도 끊어서 함을 양 어깨에 짊어질 수 있게 띠를 만들고 그 띠에 근봉이라 쓴 종이 띠를 끼운다.

함은 결혼 전날 가는 것이 보통이지만 2,3일 전이라 해도 좋은 날을 잡아서 함진아비가 지고 가는 것이며 청사초롱 불 밝히고 신부댁에 전하는 것이 전통예절 이었으나 지금은 친구 한두 명이 지고 가는 것이 보통이다.

함을 지고 갈 때 함을 파는 장난을 하기도 하는데 신부댁 이웃에 폐가 되지 않게 너무 시끄러운 장난은 삼가는 것이 바람직하다.

신부댁에서는 병풍치고 화문석 깔고 예탁보 덮은 예

탁 위에 받아놓기도 하지만 봉치시루 위에 함을 받아 놓기도 한다.

함을 받을 사람은 신부 어머니나 오복을 갖춘 이가 받는다. 혼주가 함띠와 함봉을 풀어서 함을 열고 예단과 혼서지를 받는다.

함진아비에게 음식을 대접하고 노자를 주는 것이 덕 있는 행례다.

(5) 혼인날 – 혼인날 아침 일찍 신랑은 목욕재계하고 몸단장을 완전히 끝마친 다음 사당이나 성주상에 재배한다. 주혼자에게 절을 한 뒤 술을 올리고 좋은 배필 맞아와 종사를 이으라는 가르침을 받는다.

신랑의 예복은 사모관대에 관복을 입는다.

신랑은 말 타고 부채로 얼굴을 가리고 신부댁으로 간다. 삼현육각을 잡히고 가기도 한다. 후행과 우인들이 함께 간다. 후행과 신랑이 도착하면 신부댁에서 신랑 인접이 나 와서 신랑을 정방[신부의 친척집이나 이웃집으로 우선 신랑이 대기할 곳]으로 안내한다. 후행 역시 대반이 나와서 상객방으로 안내한다. 함이 전날 밤에 가지 않고 함진아비가 함께 가기도 한다. 신랑 일행이 신부댁에 도착하면 함진아비가 먼저 들어가 함을 판다.

신부 역시 몸단장 끝내고 부모님께 인사한다. 시집가서 시부모님 잘 모시고 남편 잘 섬기라는 가르침을 받는다.

신부의 예복은 용잠을 꽂고 화관족두리에 원삼을 입고 두 손을 눈높이에 받쳐 들고 얼굴 가리는 넓은 수건(면포)을 두 손 위에 걸쳐서 얼굴을 가리고 두 명의 도우미인 수모의 도움을 받아 초례청에서 초례를 치른다.

※ [이런 행사를 필자가 본 일은 없다. 다만 서적과 어른들의 얘기를 들었을 뿐이다. 신랑이 장가갈 때 가마타고 가고 올 때는 신부가 가마타고 신랑은 걸어온 것은 많이 보았다.]

(6) 전안례(奠雁禮) – 신부집에서 의례에 밝은 젊은이가(인접) 예복을 입고 신랑을 맞는다. 젊은이가 세 번 읍하고 신랑도 세 번 답례의 읍을 한다.

이때 신랑이 기러기를 머리가 오른쪽으로 가게 가슴에 안고 들어가 미리 마련되어 있는 전안상에 올려놓는다. (전안상은 초례청 북쪽에 놓는다.)

신랑이 분향하고 재배한다. 이 의례를 아래처럼 홀기에 따라 행사한다.

◎ 전안례의 홀기(笏記)

서지부가(婿至婦家) : 신랑이 신부댁에 들어오시오.
주인출영(主人出迎) : 주인이 맞으시오.

행 전안례(行 奠雁禮)

서읍취석(婿揖就席) : 신랑은 읍하고 자리에 서시오.
서북향궤(婿北向跪) : 신랑은 북쪽으로 꿇어앉으시오.
치안우지(置雁于地) : 기러기를 바치시오
시자수지(侍者受之) : 시종은 기러기를 받아 놓으시오.

면복흥(俛伏興) : 일어나시오.
소퇴재배(小退再拜) : 뒤로 조금 물러나 재배하시오.

(7) 초례 - 초례청은 신부댁 마당이나 혼례청에 만든다.
채일 치고 덕석 펴고 한 중앙에 교배상을 설치하고 양
쪽에 화문석 깔고 요단을 깐다. 북쪽에는 병풍을 친다.
교배상 위 북쪽편과 남쪽편에 쌀 담은 놋밥그릇에 황
촉불을 켠다.
백자병이나 질그릇병에 동백나무가지를 꽂아 역시 남
쪽과 북쪽에 놓는다. 동백꽃 대신 소나무나 대나무를
꽂는 곳도 있다고 한다.
문어발로 오린 봉황새 암컷과 수컷을 동백나무가지
사이에 꽂는다. (봉황새는 폐백음식 보낼 때 함께 신
랑댁으로 보낸다.)
그 곁에 꽃대를 양옆에 세운다. 꽃대는 시누대에 색테
프를 감아서 세우고 역시 시누대를 쪼개어 색테이프
를 감아 세운 대에다 S자로 붙이고 꽃을 만들어 여러

곳에 단다.

살아 있는 장닭과 암탉을 올려 놓고(예식 끝나면 반드시 풀어준다.) 대추와 밤을 물린 하얀 가루로 화장시킨 숭어, 대추, 밤, 곶감, 떡, 팥, 무명씨 등과 전, 적, 고막, 과일, 한과 등을 차린다.

교배상 아래쪽 양 옆으로 작은 상을 놓고 청주와 조롱박 바가지를 놓는다. 조롱박 바가지는 신랑 쪽과 신부 쪽 바가지를 청홍색 실로 길게 맨다. 신랑과 신부가 술을 마시는데 불편함이 없도록 넉넉히 맨다.

※ [위의 교배상 차리는 것은 내가 살았던 남쪽의 풍습을 적었다. 아마 각 지방마다 조금씩 차이가 있으리라 생각한다. 지방마다 생산되는 음식이나 자라고 있는 나무나 꽃이 다르기 때문이다. 잔치 음식만 해도 그렇다 중부지방에서는 잔치국수를 위주로 푸짐한 상차림을 한 것으로 알고 있는데 내가 살았던 남쪽 지방에서는 술과 떡과 떡국을 위주로 하고 거기에 고막, 생선회, 특히 홍어나 참가오리회에 돼지고기나 소고기 등 고기 음식 등 푸짐한 음식으로 잔치상을 차렸다. 중부지방에서는 '언제 국수 줄 거야' 하는데 남부지방에서는 '언제 술 줄 거냐' 하는 말이 상응한 말이라고나 할까.]

예식을 주례하는 이가 홀기를 부르면 홀기에 따라서 행례한다.

◎ 초례의 홀기

행 교배례(行 交拜禮)

신부 출(新婦出) : 신부는 방에서 나오시오.

서동부서(婿東婦西) : 신랑은 동쪽에 신부는 서쪽에 서시오.

각기정위(各基正位) : 각자 정 위치에 서로 상대를 향하여 바르게 서시오.

부선재배(婦先再拜) : 신부가 먼저 두 번 절하시오.

서답일배(婿答一拜) : 신랑이 절 한 번 하시오.

부우선재배(婦又先再拜) : 신부가 또 절 두 번 하시오.

서우답일배(婿又答一拜) : 신랑이 또 답으로 절 한 번 하시오.

서읍부취자(婿揖婦就座) : 신랑은 읍하고 신랑과 신부 앉으시오.

※ [신랑은 내읍을 한다. 내읍은 결혼식 때만 하는 읍이다. 읍을 하기 때문에 신랑은 절을 한 번만 하는 것이다. 읍은 절 한 번과 같다. 두 명의 도우미가 신부를 부축하여 신부 출부터 도와준다. 인접(신랑 도우미)는 신랑을 맞을 때부터 재향 걸을 때까지 행사가 다 끝날 때까지 도우미가 되어서 신랑을 도와준다.]

행 합근례(行 合졸禮) [*표주박 2쪽을 한 개로 합한다는 뜻]

시자진관세(侍者進盥帨) : 남녀 집사자는 손을 씻으시오.

합근분치서부지전(合졸分置婿婦之前) : 술잔(조롱박바가지)

를 신랑과 신부 앞에 놓으시오.

시자첨주(侍者첨酒) : 집사자는 각각 술잔에 술을 따르시오.

서읍부거음(婿揖婦擧飮) : 신부 측 수모가 술을 따라서 신부에게 주면 신부는 술잔을 받았다 다시 수모에게 주고 수모는 신랑 측 집사에게 준다. 신랑 측 집사는 술잔을 받아서 신랑에게 준다. 신랑은 술을 받아 조금 마신다. 다시 집사에 게 주면 집사는 받아서 술잔을 예탁에 놓는다.

다시 반대로 신랑 측 집사가 술잔을 신랑에게 주면 신랑이 받았다가 다시 집사에게 주면 집사는 술잔을 받아 수모에게 주고 수모는 신부에게 술잔을 주고 신부는 술을 조금 마시고 다시 수모에게 주면 수모는 술잔을 받아서 예탁에 놓는다.

진찬(進饌) : 남자 집사와 수모는 안주를 신랑과 신부에게 먹여준다.

시자우첨주(侍者又첨酒) :

서읍(婿揖) :

부거음거효(婦擧飮擧肴) :

시자우첨주(侍者又첨酒) :

서읍(婿揖) :

부진음(婦盡飮) :

거찬(擧饌) :

철찬(徹饌) : ※ 이상 설명이 없는 부분은 술을 주고받는 행례를 2회 더 행사한다.

축사(祝辭) : 친구들이 축사를 한다.

예필(禮畢) : 예식이 다 끝났습니다.

잔치(피로연)를 한다. 그러나 전통혼례에서 잔치는 결혼식이 끝나고 하는 것이 아니고 하루 종일 잔치를 한다. 축하 손님을 모시고 잔치를 하고 부조 그릇에는 음식을 담아 드린다. 잔치는 귀천을 가리지 않고 음식을 대접한다. 길가는 거지들이 잔치집에 많이 와서 배불리 먹고 가는 것도 전통혼례의 한 풍습이다. 잔치를 하면서 결혼식을 행하고 결혼식 구경을 하면서 모두 함께 축하하고 즐기는 행사라고 생각하면 된다. 신부댁에서는 결혼식날 잔치를 한다.

신랑댁에서는 결혼식 뒷날, 신부가 신랑댁에 시집오는 날 잔치를 한다. 신랑은 집사자(인접)의 안내를 받아 후행이 계시는 방에 들어 인사한다.

신랑도 인접과 함께 큰상(전반상)을 받는다. 인접은 대접을 하는 사람으로 한 상에 앉는다. 신부댁 측 친척이 몇 분 함께 앉기도 한다. 우인으로 온 신랑 친구들은 우인들끼리 우인상을 받는다. 하지만 때로는 신랑과 함께 받기도 한다. 후행이 받은 큰상에 남은 음식은 신랑댁에 퇴상으로 보낸다.

신방은 신랑과 신부가 첫날밤을 지내는 방이다. 병풍 치고 간단히 마련된 주안상을 사이에 두고 신랑과 신부가 술과 음식을 권하고 먹는다. 신랑이 신부의 족두리를 벗겨주고 옷을 벗겨주고 잠자리에 든다. 신방을 엿보는 문구멍이 많이 뚫려 있기도 한다. 그러나 신랑과 신부가 불을 끄면 그다음은 엿보지 않는다. (불을 앞에 끄는 사람이 살다가 먼저 죽는다고 서로 아끼는 마음에서 앞에 끄려고 한다. 불은 입으로 불어서 끄지 않고 손으로 쥐어서 끄거나 수건으로 저어서 끈다.)

(8) 우례(于禮) - 신랑이 말 타고 신부는 가마 타고 신랑 댁으로 시집을 가는 것을 우례라 한다. 신부 가마가 떠날 때 무명씨나 팥을 가마 뒤에 뿌리기도 한다. 신부가 탄 가마는 2명이(2인교) 매고 가거나 4명이(4인교) 메고 간다. 가마 안에는 솜을 깐 요강을 넣는다. 신부가 가다가 용무가 있을 시 사용하는 요강인데 소리가 나지 않게 하기 위해서 솜을 깐다. 신부 뒤에는 신부를 도와줄 수모나 자매 또는 친척이 한두 명 따라간다. 후행이 함께 간다. 이불 짐을 진 사람이 따라가고 이바지를 진 사람이 따라간다. 함 파는 것처럼 이불도 내려놓을 때 약간 장난을 하기도 하나 이불 짐은 보통 어린이들이 지고 들어간다.
신부가 탄 가마가 신랑집에 들어올 때 바가지를 땅에 놓아두면 가마를 얕게 내려 놓인 바가지를 눌러 깨고 들어간다. 신랑이 가마 문을 열고 신부를 맞이한다. 아니면 팔자 좋은 친척이 가마 문을 열고 신부를 방으로 안내하기도 한다. 신부는 큰상을 받는다. 수모와 함께 받으며 신랑 친척 몇 분도 함께 상에 앉는다.

후행은 후행 방에서 역시 큰상을 받는다. 후행이 먹고 남은 음식은 퇴상이라고 해서 신부댁 후행이 돌아갈 때 함께 신부댁으로 보낸다.

(9) 폐백(幣帛) : 신부가 시부모님과 시댁 가족에게 올리는 첫인사의 의례를 폐백이라 한다. 폐백은 선물을 폐백이라 하는데 시부모에게 첫인사를 하면서 간단한 음식을 올리는 것을 혼례에서는 폐백이라 한다.
신랑댁에서는 마당에 덕석을 펴고 병풍치고 화문석 펴고 예탁을 놓는다. 시부모님이 앉을자리(병풍 앞)에 비단요 깔고 방석을 놓는다. 신부가 절을 할 자리에도 비단요를 깐다.

폐백음식 : 신부댁에서 마련해 가지고 오며 육포, 대추, 밤, 청주, 꿩이 나 닭, 구절판, 문어발로 만든 봉황 등 간단한 음식을 놓는다.
따로 그날 저녁에 신부 구경 오는 마을 분들에게 드릴 음식으로 찰떡이나 엿 등을 해 가지고 가는데 그 음식은 신부에 대한 말을 하지 말아 달라는 의미을 담아 입덕치기(*입 닥치기)라고 한다.

수모가 양옆에서 도와준다. 신랑과 신부가 술을 바치고 큰절을 한다.
절을 받는 순서 : 시부모, 시조부모, 백부, 숙부, 고

모, 당숙부모,

시아주버니를 비롯한 형제 항렬, 사촌, 육촌 순으로 받으며 형제항렬부터는 맞절을 한다.

폐백 절은 큰절 4번을 한다. 시부모님은 절을 받고 시집와 주어서 고맙다는 말과 함께 잘살라는 말을 한다. 아들 딸 많이 낳고 복 받아 살라는 뜻으로 대추와 밤 한 주먹을 신부에게 던져준다. 수모는 면포나 신부의 치마 자락에 받게 해 준다.

⑩ 재행(再行) : 신랑이 결혼 후에 신부댁 부모님께 인사 드리러 가는 것을 재행이라 한다. 결혼 후 3일 되는 날 간다. 간단한 음식과 술을 가지고 간다.

신부와 함께 가기도 한다. 처부모님께 술과 안주를 대접하고 인사드린다. 그날 저녁에는 신부 측 친척이나 마을 젊은이들이 동상 례라고 신랑을 다루기도 한다.

⑪ 근친(覲親) : 결혼 1년이 되면 신부가 친정에 다녀가는 것을 근친이라 한다. 이바지를 해 가지고 가서 부모님께 인사드린다.

5. 사성 · 청혼서식 · 허혼서식

1) 사주(사성) 쓰는 방식

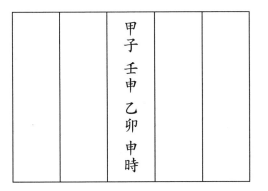

甲子 壬申 乙卯 申時

※ 갑자년 임신 월 을묘 일 신 시 생의 사성을 예로 들었음.

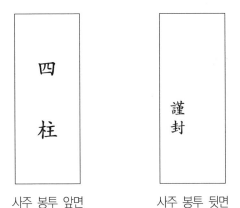

四柱

謹封

사주 봉투 앞면   사주 봉투 뒷면

2) 청혼서 서식

삼가 귀댁의 만복을 기원합니다.

따님 ○○○ 규수와 저의 아들 ○○○의 결혼을 청혼합니다.

허락하여 주신다면 우리 가문의 영광으로 생각하겠습니다.

년   월   일

영광 후인 丁○○ 배상

○○○님 귀하

3) 허혼서 서식

삼가 귀댁의 만복을 축원합니다.

아드님 ○○○ 도령과 저의 여아와의 청혼서를 받음을

집안의 영광으로 여기옵고 삼가 좋은 연으로 맺어지길 앙망합니다.

년 월 일

창원 후인 朴○○ 배

○○○ 귀하

※ [전통혼례의 청혼 서식과 허혼 서식은 한문으로 되어 있으며 세로줄 쓰기로 되어 있음. 이 서식은 한글 가로줄 쓰기로 필자가 써놓은 것임.]

제 8 장

노처녀 총각 시집가고 장가가는 길
오래가는 연애의 힘

노처녀 총각 시집가고 장가가는 길

1. 과거에 집착하지 말라. 궂은 일이건 좋은 일이건 과거
   는 이미 가버린 것이므로 생각할 필요가 없다. 과거는
   흘러가버린 꿈이다. 운명의 신은 앞에서 오는 것이지
   뒤에 따라오는 것이 아니다. 현재가 나다.

2. 상대를 너무 고르지 말라. 내 입에 딱 맞는 떡은 없
   다. 일류대 나오고, 훤칠해야 하고, 이해심 넓어야 하
   고 이런 사람이 어디에 날 기다리고 있을 것인가. 결
   혼은 노력으로 일궈가는 삶의 과정이다.

3. 남자는 지나친 새침데기를 싫어한다. 인사만 정중히
   잘해도 성공확률 50%다.

4. 상대방의 취미를 어느 정도는 맞출 줄 알아야한다. 생
   맥주 한 잔을 같이 마셔 준다든지. 같은 취미 한 가
   지쯤은 대단한 우정을 느끼게 한다.

5. 겸손하되 자기의 단점을 얘기하지 말라. 단점은 살아

가면서 자연적으로 드러나게 된다. 1·2·3의 화법, 즉 1분 말하고 2분 듣고 3분 공감하라.

6. 상대방 조건에 지레 겁먹지 말라. 어떤 상대도 당당해야 한다. 왕자들은 의외로 공주를 싫어한다. 착한 시골처녀를 좋아한다.

7. 태도를 확실히 해라. 너무 내숭을 떨지 말라. 남자는 단순하다. 여자가 내숭을 떨면 판단을 할 수 없는 것이 남자다. 마음에 들면 나도 좋다고 솔직히 말해라.

8. 부모님이 적극적으로 나서야 한다. 어떤 처녀나 총각도 '나 시집 갈라요' 하거나 '나 장가 갈라요' 하는 사람은 없다. 부모님이 일가친척이나 결혼정보회사 등을 통해서 적절한 상대를 찾아주도록 노력해야 한다.

9. 좋은 상대를 만나면 너무 오래 사귀지 말라. 결혼은 살아가면서 정을 쌓고 사랑을 쌓아가는 것이다.

10. 자신이 자신을 자주 들여다 보아라. 1년 후에는 1년 전이, 2년 후에는 2년 전이 그립고 후회로 남는다.

11. 정부에서 해야 할 일로 초·중·고 학비 면제, 육아수당, 육아휴직, 출산보조금 등을 주는 것도 좋으나

그에 병행해서 아이를 낳을 수 있는 기본을 조성하는 것이 좋지 않을까 하는 생각도 해 본다.

그 기본이란 남자와 여자가 자연스럽게 만나서 짝을 만들 수 있도록 초·중·고를 남녀공학으로 만들고 회사가 남녀를 채용하여 함께 근무하는 환경을 만들게 하는 것이 좋을 것이다. 남자와 여자가 가까이 있어야 서로 사랑을 하고 사랑을 하여야 결혼을 하고 결혼을 하여야 아이를 낳는다는 기본을 만들어야 한다고 나는 생각을 한다.

구청이나 주민센터에 중매 전담반을 두어서 남녀를 연결해 주는 것도 고려해 볼 만 하다고 나는 말하고 싶다.

오래가는 연애의 힘

1. 남녀평등관계를 유지해라. 자신의 의견은 똑바로 상대에게 전달하라.
2. 상대방을 행복하게 해주려는 자세를 항상 갖추어라.
3. 싸움 뒤에는 현명하게 화해하라.
4. 잘못은 솔직히 인정하라.
5. 가끔 깜짝쇼도 필요하다.
6. 자신의 마음을 진심으로 상대에게 표현하는 솔직한 감정.
7. 상대방의 세계를 인정하고 비밀을 지켜주어라.
8. 세상이 무너져도 믿어야 한다.
9. 과거를 알려고 하지 말라. 궁금해 하지도 말라.

궁합 보는 법

궁합이 뭔가? 서로 사랑하는 마음이 가득하고 그 마음이 평생을 변치 않는다면 그것이 제일 좋은 궁합이다.

다만 오행에 궁합 보는 법은 서로 상대방을 잘 모르는 상태에서 그 사람의 성격, 환경 등을 사주에 의해서 맞추어 보는 법이다. 일종의 통계학이라 나는 본다.

통계학은 맞는 확률이 많지만 틀릴 확률도 많다. 서로의 만남에 오행의 궁합이 좋으면 그걸 마음에 두고 더 행복한 가정을 꾸며나가야 한다. 설령 궁합이 좋지 않은 궁합이라 해도 그런 건 염두에 두지 말고 서로가 서로를 아끼고 사랑하는 것이 부부의 의무이며 제일 좋은 미덕이라 생각하고 노력하는 삶으로 살아간다면 그 결과물로 신은 행복을 선물해 줄 것이다.

여기 간편하게 궁합 보는 법을 적는다. 오행은 무척 심오하여 어려운 학문이기에 이 글을 쓰는 나 자신도 오행의 깊은 맛은 모른다. 주례사를 쓰면서 독자를 생각하여 여러 권의 참고 문헌을 뒤져서 아주 쉬운 방법으로 누구나 간단하게 궁합을 볼 수 있게 그 방법을 요점만 추려 적는다.

깊이 만나지 않은 상대라면 참고하시고 서로 사랑하는 사이라면 평생 궁합 같은 것은 서로 관심 두지 말고 사랑하며 살 것을 권한다.

· 궁합보는 법 1

좋은 궁합	안 좋은 궁합
남자 금(金) 여자 수(水)	남자 금(金) 여자 금(金)
남자 금(金) 여자 토(土)	남자 금(金) 여자 목(木)
남자 목(木) 여자 수(水)	남자 금(金) 여자 화(火)
남자 목(木) 여자 화(火)	남자 목(木) 여자 금(金)
남자 목(木) 여자 토(土)	남자 목(木) 여자 목(木)
남자 수(水) 여자 금(金)	남자 수(水) 여자 화(火)
남자 수(水) 여자 목(木)	남자 수(水) 여자 토(土)
남자 수(水) 여자 수(水)	남자 화(火) 여자 수(水)
남자 화(火) 여자 목(木)	남자 화(火) 여자 화(火)
남자 화(火) 여자 토(土)	남자 화(火) 여자 금(金)
남자 토(土) 여자 금(金)	남자 토(土) 여자 수(水)
남자 토(土) 여자 토(土)	남자 토(土) 여자 목(木)
남자 토(土) 여자 화(火)	

· 궁합보는 법 2

	좋은 궁합	안 좋은 궁합
갑 을 년생	남자는 무 · 기 년생 여자	정 · 임 · 을 년생 여자
	여자는 경 · 신 년생 남자	정 · 임 · 을 년생 남자
병 년생	남자는 경 · 신 년생 여자	기 · 갑 년생 여자
	여자는 임 · 계 년생 남자	기 · 갑 년생 남자

	좋은 궁합	안 좋은 궁합
정 년생	남자는 기·정 년생 여자	무·을 년생 여자
	여자는 기·정 년생 남자	무·을 년생 남자
무 년생	남자는 임·계 년생 여자	신·병 년생 여자
	여자는 갑·을 년생 남자	신·병 년생 남자
기 년생	남자는 임·계 년생 여자	경·정 년생 여자
	여자는 갑·을 년생 남자	경·정 년생 남자
경 신 년생	남자는 갑·을 년생 여자	계·신 년생 여자
	여자는 병·정 년생 남자	임·기 년생 남자
임 년생	남자는 병·정 년생 여자	을·경 년생 여자
	여자는 무·기 년생 남자	을·경 년생 남자
계 년생	남자는 병·정 년생 여자	신·갑 년생 여자
	여자는 무·기 년생 남자	신·갑 년생 남자

※ ['궁합보는 법 2'는 태어난 해로 보는 법이고 '궁합보는 법 1'은 태어난
해(초년) 월(중년) 일(장년) 시(말년)으로 본다는 것을 참고로 함.]

·위 궁합 볼 때 오행 찾기

오행	간지 (태어난 해 또는 월 일 시를 여기서 찾아 앞의 오행을 찾음)
금(金)	갑자(甲子) 을축(乙丑) 갑오(甲午) 을미(乙未) 경진(庚辰) 신사(辛巳) 임신(壬申) 계유(癸酉) 경술(庚戌) 신해(辛亥) 임인(壬寅) 계묘(癸卯)
목(木)	무진(戊辰) 기사(己巳) 무술(戊戌) 기해(己亥) 경인(庚寅) 신묘(辛卯) 경신(庚申) 신유(辛酉) 임오(壬午) 계미(癸未) 임자(壬子) 계축(癸丑)
수(水)	갑신(甲申) 을유(乙酉) 갑인(甲寅) 을묘(乙卯) 병자(丙子) 정축(丁丑) 병오(丙午) 정미(丁未) 임진(壬辰) 계사(癸巳) 임술(壬戌) 계해(癸亥)
화(火)	갑술(甲戌) 을해(乙亥) 갑진(甲辰) 을사(乙巳) 병인(丙寅) 정묘(丁卯) 병신(丙申) 정유(丁酉) 무자(戊子) 기축(己丑) 무오(戊午) 기미(己未)
토(土)	병술(丙戌) 정해(丁亥) 병진(丙辰) 정사(丁巳) 무인(戊寅) 기묘(己卯) 무신(戊申) 기유(己酉) 경오(庚午) 신미(辛未) 경자(庚子) 신축(辛丑)

· 궁합보는 법 3

띠 별로 보아서 안 좋은 궁합

여자	남자
쥐띠 여자는	범 · 개 · 말 · 양 · 잔나비띠 남자
소띠 여자는	범 · 개 · 토끼 · 뱀 · 용띠 남자
호랑이띠 여자는	쥐 · 소 · 범 · 뱀 · 소띠 남자
토끼띠 여자는	닭 · 개 · 돼지 · 뱀 · 소띠 남자
용띠 여자는	말 · 양 · 잔나비 · 뱀 · 소띠 남자
뱀띠 여자는	잔나비 · 용 · 토끼 · 뱀 · 용띠 남자
말띠 여자는	잔나비 · 용 · 쥐 · 소 · 범띠 남자
양띠 여자는	닭 · 개 · 돼지 · 잔나비띠 남자
잔나비띠 여자는	말 · 양 · 잔나비 · 돼지 · 양띠 남자
닭띠 여자는	돼지 · 양 · 토끼 · 뱀 · 용띠 남자
개띠 여자는	돼지 · 양 · 쥐 · 소 · 범띠 남자
돼지띠 여자는	범 · 개 · 닭 · 돼지 · 개띠 남자

※ [띠가 두 번 있는 것은 더 조심할 것.]

· 궁합 보는 법 4

안 좋은 궁합 (월별로 보는 궁합)

여자	남자
1월생 남자와	6월생 여자
2월생 남자와	3월생 여자
3월생 남자와	9월생 여자
4월생 남자와	5 · 10월생 여자
5월생 남자와	8월생 여자
6월생 남자와	1 · 7월생 여자
7월생 남자와	11월생 여자
8월생 남자와	12월생 여자
9월생 남자와	10월생 여자
10월생 남자와	1 · 4월생 여자
11월생 남자와	2월생 여자
12월생 남자와	5월생 여자

위의 사항도 다만 통계학이라 생각한다.

　나는 닭띠이고 나의 아내는 양띠이다. 위 표로 보았을 때 안 좋은 궁합이다. 나는 18살에 결혼해서 2남 2녀의 아들과 딸을 두고, 지금 70이 넘었지만 별 탈 없이 외손주와 손주들 7명의 재롱을 보면서, 나 자신 행복하다고 생각하며 살고 있다.

혼인에 좋은 날 보는 법

결혼날을 잡는 택일법 역시 궁합 보는 법과 같은 마음으로 적는다.

옛날에는 오행으로 미래의 기상 등을 점쳤다고 알고 있다. 때문에 오행으로 택일도 했을 것이다.

현대인의 바쁜 생활에 맞추어 좋은 날은 토요일과 일요일이 적합할 것이다.

지금은 금요일 저녁으로 많이 바뀌는 추세라고 한다.

다만 참고삼아 오행으로 보는 법을 간단히 적는다.

· 혼인 길일 - 월로 보는 법

1월에는 술일. 2월에는 해일. 3월에는 자일. 4월에는 축일. 5월에는 인일. 6월에는 묘일. 7월에는 진일. 8월에는 사일. 9월에는 오일. 10월에는 미일. 11월에 는 신일. 12월에는 유일. 이 좋은 날이다.

· 혼인 길일 - 계절로 보는 법

봄에는 병, 정일. 여름에는 무, 기일. 가을에는 임, 계일. 겨울에는 갑, 을일이 좋음.

· 여자가 난 해로 보는 법

띠	좋은 달	안 좋은 달
쥐띠 말띠에 난 여자	6, 12월이 좋은 달	10, 4월은 안 좋은 달
소띠 양띠에 난 여자	7, 1월이 좋은 달	11, 5월은 안 좋은 달
범띠 잔나비띠에 난 여자	8, 2월이 좋은 달	12, 6월은 안 좋은 달
토끼띠 닭띠에 난 여자	9, 3월이 좋은 달	1, 7월은 안 좋은 달
용띠 개띠에 난 여자	10, 4월이 좋은 달	2, 8월은 안 좋은 달
뱀띠 돼지띠에 난 여자	11, 5월이 좋은 달	3, 9월은 안 좋은 달

· 혼인에 좋은 날과 좋은 시 보는 법

월건 일진	좋은 날 좋은 시
신월 · 인월 (월건)일 때는	진 · 사 · 미 · 술 (일)
신일 · 인일 (일진)일 때는	진 · 사 · 미 · 술 (시)
유 · 묘 일 때는	오 · 미 · 유 · 자
술 · 진 일 때는	신 · 유 · 해 · 인
해 · 사 일 때는	술 · 해 · 축 · 진
자 · 오 일 때는	자 · 축 · 묘 · 오
축 · 미 일 때는	인 · 묘 · 사 · 신

이사에 좋은 날 보는 법

음력으로 9일, 10일, 19일, 20일, 29일, 30일이 손 (신·살)이 없는 날이다. (신이 쉬는 날? 신이 먼 곳으로 여행이라도 갔다는 말?)

이 날이 이사에 좋은 날이라고 한다.

이사를 하면 장롱을 비롯한 짐도 옮기고 못도 박고 집도 고칠 수 있을 것이다.

무슨 일을 하여도 신이 없으니 탈(동티) 나지 않는 날이 이 날이라 한다.

신이 있을 때 일을 하면서 시끄럽게 하면 신이 불편하여 노할 수도 있는데 신이 없는 날이니 아무 일이나 하여도 좋다는 날이다.

참고로

음력 1, 2, 11, 12, 21, 22일은 손이 동쪽에 있고

3, 4, 13, 14, 23, 24일은 손이 남쪽에 있고

5, 6, 15, 16, 25, 26일은 손이 서쪽에 있고

7, 8, 17, 18, 27, 28일은 손이 북쪽에 있다.

이날 이 방향을 피하는 것도 한 방법이다.

만약 이런 좋은 날을 잡지 못할 사정이 있다면 미리 손이 없는 날이나 이사에 좋은 날을 택하여 솥과 요강을 미리 이사 갈 집에 가져다 놓으면 이사 시작으로 간주되어 좋은 날 이사하는 것과 같다고 한다.

이사 가는 날 소금가마니를 미리 가져다 놓으면 좋다고도 한다.

제 10 장

제 례

제례(祭禮)

제례는 정성을 다하여 신께 제사를 지내는 데 대한 예법을 제례라 한다. 관례 · 혼례 · 상례와 더불어 제례는 사례(四禮)로 멀리는 공자 · 맹자 · 주자에서 이어져 내려온 유교의 의식이다. 우리나라는 유교를 숭상한 나라로 전통 예절 또한 유교의 의식으로 전승되어 왔으며, 퇴계 · 율곡 · 우암 등의 학자들에 의해 전승되고 우리는 그 의식에 맞추어 행례를 하고 있다. 퇴계 · 율곡 · 우암 등의 학자들에 의해 전승되어 오면서 각기 다른 재해석의 곁가지가 형성되어 집안에 따라서, 지방에 따라서 조금씩 다른 예절의 의례로 지금까지 전승, 행하여지고 있다. 그러나 그 원 줄기는 하나라는 점도 알아두어야 한다.

우리가 제사를 모시는 것은 조상과 부모님이 있었기에 내가 이 세상에 존재한다는 감사의 마음, 후손으로서 조상의 은혜에 감사하고 효도하는 마음으로 행례하는 것이 바로 제사다. 불평 없는 마음으로 정성을 다해 분수에 맞게 의례를 행해야하며 정숙한 마음과 행동으로 의식을 갖추어 의례를 행하여야 한다.

지금은 제사도 문화로 자리잡아 가고 있다. 제사도 관광 상품화되고 있다. 제사에 참관하고 음복 경험을 하는 제사 투어라는 여행상품도 있다. 일 년에 한 번 모시는 제사 가족들이 모여 단합, 화합의 장으로 좋은 가족문화화 되어 전승되어야 한다.

지금 우리가 살고 있는 이 시대는 종교의 종류가 여러 가지로 많아 그 의례 또한 각자 종교의식에 따라 다르지만 여기서는 우리나라 전통예절에 의한 제례만을 편저하였다.

제사의 종류

1) 차례(다례(茶禮)) : 설날, 추석날 모시는 제사다.

   말 그대로 차를 올리는 제사다.

   축은 없고 단 잔을 올린다.(축은 읽지 않고 술은 한 번만 올린다)

   설날은 밥(메)이나 국(갱)은 없이 떡국을 올린다. 다른 음식은 기제사와 같이 차린다.

   추석에는 햅쌀로 밥을 지어 올리고 다른 제사음식은 햇곡식이나 햇과일로 상차림을 한다.

   성주상을 한쪽에 함께 차린다.

※ [1. 중부지방에서는 송편을 올리고 남부지방에서는 찹쌀 시루떡을 주로 올린 것으로 나는 알고 있다.

   2. 중부지방에서는 추석에 햇곡식과 햇과일이 나오기 때문에 추석상을 햇곡식으로 차리지만 남부지방에서는 햇곡식, 햇과일이 늦게 나오기 때문에 추석에는 명절 제사만 지내고 올벼 차례라고 따로 신곡 차례 (햇곡식과 햇과일로 밥을 지어 올리는 제사)를 한다. 그러나 지금은 품종개량이 많이 되어서 남부지방에서도 햇곡식과 햇과일이 추석 무렵에 나오므로 제사 방식도 바뀌어야 하지 않을까 그런 생각이 든다.]
   – ※ 성주상을 한쪽에 함께 차린다.

2) 기제 : 우리가 보통 집에서 지내는 제사다. 5대면 묘
   제로 나감으로 5대 이하 부모님까지를 주로 모시는
   제사다. 고인이 사망한 날 새벽닭 울기 전에 모신다.
   제삿날은 사망한 날의 앞날 저녁이 된다.

3) 시제 : 조상의 묘소에서 모시는 묘제다. 문중이 모두
   모여 모시는 제사다. 대개가 음력 10월 중순 정(丁)
   일을 기준으로 모신다. 10월 초순 정일에는 조정의
   제사를 모시고, 보통 일반 가에서는 중순 정일에 모신
   다. 하루에 다 모시지 못할 경우 그다음 날 그다음
   날 이렇게 순차적으로 모신다. 하순 정일에는 천민 계
   급의 제사일이다. 기제와 같은 제수 그리고 같은 순서
   로 모신다. 문중이 모두 모이는 관계로 제수는 많이
   마련하는 편이다. 홀기를 부르면서 행례를 한다. 초헌
   (첫 잔을 올리고 제사를 모시는 분으로 문중의 제일
   어른이 초헌이 된다). 아헌(두 번째로 잔을 올리고 제
   사 를 모시는 분) 종헌(세 번째 잔을 올리는 분)을 미
   리 정하여 행례를 한다. 제사는 홀기를 부르면서 홀기
   에 따라 제사를 모신다.

※ [시제·절제 등 묘제에서는 산신에게 드리는 산신제도 함께 모신다. 제사
   모시고 산신제 모시는 집이 있고 산신제 모시고 제사 모시는 집이 있다.
   산신제는 향을 피우고 개토제는 향을 피우지 않는다.]

4) 절제 : 절제 역시 주로 묘소에서 모시는 묘제다. 주로

청명·한식·추석·9월 9일(귈날) 등 날을 잡아 모신다. 시제로 모시기 전의 대를 묘소에서 모셔야 할 때 모신다. 시제와 같은 방식으로 모신다.

5) 그 밖에 여러 가지 제사가 있다. 향교에서 공자님께 올리는 석전대제 서원마다 지내는 향사, 시조에게 지내는 시조 묘제, 마을의 안녕을 비는 당산제, 풍어를 비는 풍어제, 비가 오기를 비는 기우제, 등산인이 모시는 시산제, 심마니가 모시는 산신제, 공사판이나 집터를 다듬을 때, 묘를 팔 때 등 흙을 다룰 때 모시는 개토제, 우제, 대상·소상, 담제, 길제, 등등 많은 제사의 예가 있지만 여기서는 기제만 편저한다.

제례 의식 절차

1) 제수(제사음식) 준비

제사 기구의 준비 – 기구는 미리 깨끗이 닦아 준비한다. 병풍, 교의, 제상, 제상 위에 펼 종이와 지방 쓸 종이, 지방, 향로 향합 촛대, 축판, 모사그릇, 제기, 퇴주그릇, 자리 (신주, 위패, 신주의자 등도 사용하시면 준비)

도포, 두루마기, 유건 등 제복 역시 미리 손보아 둔다.

제수품 장보기 – 제수품은 미리 진설도를 참고하여 메모한 뒤 제수 구입을 한다.
주(술), 과(과일), 포(포), 혜(어떤 예문에는 해[젓갈]로 표기하고 젓갈로 되어 있고 어떤 예문에는 밥으로 만든 식혜 또는 고기로 만든 식혜로 되어 있었음. 나 개인적인 생각으로는 진설도를 우혜로 보았을 때 식혜가 맞는 것으로 생각함)가 제사음식의 기본이다. 기본부터 챙겨서 메모를 해야 한다.

· 술 – 청주 즉 맑은 술
· 과일 – 대추, 밤, 홍시나 곶감 등 감, 배, 사과, 제철과
일 등등 건과 및 생과, 단, 복숭아는 쓰지 않음. 약과,
유과, 강정, 사탕, 옥춘 등은 만든 과일, 즉 조과라 해
서 과일 줄에 놓는다.
· 포 – 육포나 어포, 즉 북어포, 상어포, 오징어, 문어 등
등 마른 고기
· 혜 – 밥으로 담은 것이나 고기로 담은 것)
· 밥 – 메. 추석에는 송편, 설에는 떡국, 국(갱), 편(떡),
면(국수)
· 전, 적 – 육고기전 적, 물고기전 적, 조개나 두부, 야채
적 등. 육고기는 집에서 기르는 가축의 고기나 자연에
서 얻은 동물이나 조류의 고기를 쓰는데 단, 개고기는
쓰지 않음. 물고기는 비늘 없는 고기와 (어는 양반고기
이고 치는 상놈고기라고 하여) 갈치, 참치, 꽁치 등 치
자가 이름에 들어간 고기는 쓰지 않음. 붕어는 일품이
지만 잉어나 게는 쓰지 않는다고 함. 조개류는 낙지,
새우 등이 포함.
· 탕 – 육고기탕, 물고기탕, 새우나 홍합 · 바지락 등 조개
탕, 두부탕 등으로 마련하되 1·3·5·7·9의 홀수로 종류
를 맞추어 분수에 맞게 장만한다.
· 간장, 김치(주로 백김치), 김, 채소 나물(시금치 · 고사
리 · 도라지 · 무 · 배추 등등), 젓갈, 고기나 조개로 만든
반찬류.

· 여름 제사 때 비싸고 구하기 어려운 시금치를 꼭 구하러 다니는 것을 본 일이 있다. 여름철 제사에 시금치는 안 써도 된다. 옛날에는 여름에 시금치가 없었다.
· 제사음식에 고추나 마늘은 쓰지 않는다. 그러나 나물 무칠 때 마늘을 약간 넣는 집도 있고 실고추를 고명으로 얹는 집도 있다.

위를 참고하여 제사장을 본다.

위의 제사 음식도 지방에 따라 가문에 따라 다르다. 제사음식 마련과 제사 모시는 예절은 지방의 풍습과 가문의 가례에 따르는 것이 제일 무난한 예절이라고 말하고 싶다.

나는 한 때 건어물 가게를 운영하였다. 제수 마련 장을 보는 것을 보면 사는 제수 종류를 홀수로 사는 사람, 개별로 한 품목의 개수를 홀수로 사는 사람, 상관없이 사는 사람 등등, 여러 가지 유형의 장보는 것을 보았다. 저자의 가문의 예는 탕만 홀수로 마련한다. 서울을 비롯한 중부지방 분들은 육고기를 주로 많이 사고 해어는 조기 한 손 정도만 사는 분이 많았다. 전라도 분들은 해어를 많이 사고 꼬막은 꼭 산다. 경상도 분들은 마른 대구 백문어발, 피문어, 꼬지 홍합, 마른 가오리 등을 사서 쪄서 놓는다고 사가는 것을 보았다. 안동지방은 양반이 많이 살기로 유명하지만 간고등어를 제사상에 올리는 것으로 알고 있다. 다른 지방은 비늘 없는 고기라고 쓰지 않지만, 이런 것을 살펴볼 때 그 지방의 특산물을 제사 음식에 올리는 것이 당연하다고 본다. 그리고 고인이 평소 좋아했던 음식을 올리는 분도 있다. 청주 대신 막걸리를 사 가시는 분의 얘기다. 농담이겠지만 고인이 평소 개고기를 좋아했다고 개고기를 올리는 분도 있다고 한다.

　제사 음식을 만들 때 내가 살았던 전라도 해안 지방에서는 생선을 많이 쓰므로 생선이 부서지지 않게 하기 위해서 대나무로 곶을 깎아 생선의 몸속 깊이 꽂아 생선을 굽거나 쪄서 놓았다.

　곶을 깎는 방법은 대나무를 알맞은 길이로 잘라서 약 1센티 내외의 넓이로 쪼갠다. 대나무 안쪽이 낮은 삼각형이 되게 속살을 훑어낸다. 끝부분은 양옆을 칼로 쳐서 뾰쪽하게 한 다음 속 삼각형 쪽을 한 번 더 친다. 껍질이 있는 쪽을 살짝 한 번 쳐서 끝이 너무나 뾰쪽하지 않게 제비 주둥이처럼 깎는다.

　곶을 꽂을 때는 생선의 입으로 곶을 꽂아 넣되 곶의 배가 생선의 배 쪽으로 방향이 일치하게 해서 등뼈 옆으로 꽂아 넣고 입 끝에 조금 나오게 자른다.

　밤은 6모 밤 또는 8모 밤으로 친다(깎는 것이 아니다). 6모 밤은 마치 주판알처럼 치는 것이고 8모 밤은 주로 크기가 큰 밤을 칠 때 사용하는데 주판알처럼 치되 옆 둘레가 모나지 않고 한 면이 더 생기도록 한 바퀴 둘러

주는 것을 말한다.

곶감이나 문어발은 꽃 모양으로 오리거나 아니면 잘 접어놓기도 한다. 포는 머리와 꼬리를 잘라버리고 놓기도 하고 그대로 놓기도 한다.

대추와 사과·배 등은 꼭지 부분과 배꼽이 있는 곳을 잘라내고 배꼽이 있는 쪽이 위로 가게 진설(제사상을 차림) 한다.

제복을 입고 축과 지방을 쓰고 진설한다.

2) 제수 진설

앞서도 말했듯이 진설은 가문과 지방에 따라 조금씩 차이가 있다.

신이 앉을자리, 즉 지방을 놓은 자리가 북쪽이고 제주가 있는 자리가 남 쪽이다. 제주의 왼쪽이 서쪽이고 오른쪽이 동쪽이다. 서쪽이 상석이다. 서쪽이 할아버지이고 동쪽이 할머니다. 실제 방향이 어떠하든 위와 같다.

진설은 다섯 줄로 한다.

신이 앉을 북쪽에서 처음 줄은 밥(메, 반), 잔, 국(갱), 국수, 수저를 놓는다.

둘째 줄은 전, 적, 육, 어, 떡(편)을 놓는다.

셋째 줄은 탕을 놓는다.

넷째 줄은 찬 줄이다. 찬 줄의 서쪽에 포, 동쪽에 식혜를 놓는다. 가운데에 간장, 김치를 놓고 서쪽으로 흰색 나물, 동쪽으로 색 있는 반찬을 놓는다. 맨 서쪽에는 고기반찬을 놓고, 다음으로 야채 반찬을 놓는다.

다섯째 줄에 과일을 놓는다. 과일은 서쪽부터 대추·밤·곶감(감)·배 사과·제철과일을 진설하고 그다음으로 조과를 진설한다.

제상 앞(제주가 있는 쪽)에 작은 상을 놓고 향과 향로·퇴주 그릇·술을 놓는다.

진설하는 순서도 위와 같이 진설한다.

어떤 예문에는 과일줄부터 진설한다고 쓰여 있는 곳도 있다. 하지만 진설하기가 불편할 것이다.

· 일반적인 진설의 사자성어

1) 좌포우혜 : 포는 왼쪽, 혜는 오른쪽
2) 어동육서 : 생선은 동쪽, 육류는 서쪽
3) 두동미서 : 생선의 머리는 동쪽, 꼬리는 서쪽 (두서미 동하는 집도 있다.)
4) 홍동백서 : 붉은색은 동쪽, 흰색은 서쪽
5) 조율시이(또는 조율이시) : 대추, 밤, 감, 배의 순서로 과일 진설
6) 건좌습우 : 마른 것은 왼쪽, 젖은 것은 오른쪽

진 설 도

병 풍

서쪽 (상석)　　　　　┌─────────────────┐　　　　　동쪽 (우측)
　　　　　　　　　　　│ 지방 또는 신주나 사진 │
　　　　　　　　　　　└─────────────────┘

┌──┐
│   │
│ 면(국수) 반(밥) 잔(술잔) 갱(국) 수저젓가락 메(밥) 잔 갱(국) 조청 떡 │
│   │
│ 소고기전 돼지고기전 소·돼지·닭 등 고기류, 새우 낙지 두부 꼬막 등 물고기류 │
│   │
│   소고기탕 돼지고기탕 닭고기탕 조개탕 새우탕   │
│   │
│ 포 소·돼지·닭고기반찬 흰색나물 김치 간장 김 젓갈 푸른색채소나물 식혜 │
│   │
│ 대추 밤 곶감 감 배 사과 수박 귤 등 생과, 유과 약과 다식 강정 사탕 등 조과 │
│   │
└──┘

　　　　　　　　　　┌─────────────┐
　　　　　　　　　　│ 축판 향로 향합 │
　　　　　　　　　　└─────────────┘

술병

퇴주 그릇 모사 그릇

3) 제사 지내는 절차

· 영신 – 대문을 열어놓는다.
· 분향 – 향로에 향을 피우고 재배한다.
· 강신 – 집사가 왼쪽에서 두 번째 잔(할머니의 잔)을 내려 제주가 잡고 집사가 술을 조금 따른다.
  제주는 향로 위에 세 번 잔을 두르고 모사그릇에 세 번 나누어 붓고 빈 잔을 집사가 받아 제자리에 놓는다. 제주가 재배한다.
· 참신 – 헌관 이하 제관 모두가 함께 재배한다.
· 개반개 삽시정저 – 밥(메)그릇을 덮은 복개를 열고 수저를 꽂고 젓가락을 세 번 끓어서 놓는다. 가문에 따라 종헌이 잔을 올린 뒤에 행례하기도 한다.
· 초헌 – 집사가 왼쪽 고위 잔부터 차례로 잔을 내려 헌관에게 드리면 헌관은 술잔을 잡고 있고 집사가 술을 따라 술잔을 다시 제자리에 놓는다.
· 제지모상 – 집사가 잔을 내려 헌관에게 드리면 헌관이 잔을 입으로 불거나 아니면 살짝 기울여서 술잔의 윗술이 살짝 넘치도록 한다. 술에 먼지를 제거하는 행례이다.
· 진찬 – 전, 적 등 반찬을 한 번 더 얹어 권하는 예이다.
· 독축 – 헌관 이하 제관 모두 끓어앉아 고개를 숙이고 있고 축관은 헌관의 왼쪽에 끓어앉아 축을 읽는데 창을 하는 것처럼 읽는다.

초헌관이 재배하고 물러난다.

집사가 술을 퇴주 그릇에 비운다.

· 아헌 – 아헌관이 제사를 모신다.

잔을 올리고 진찬 하고 재배하고 물러난다.

집사는 역시 술잔을 퇴주 그릇에 비운다.

· 종헌 – 종헌관이 제사를 모신다.

잔을 올리고 진찬 하고 재배하고 물러난다. 종헌은 술
잔에 술을 따를 때 칠 부 정도만 차게 따른다.

· 첨작 – 다른 제관이 술을 올리고자 할 때 밥그릇 뚜껑
(복개)에 술을 따라서 칠 부 정도 찬 술잔에 따르고 재
배한다.

· 삽시정저 – 집안마다 가례에 따라 다르다. 여기서 하기
도 하고 편자가 서술한 것처럼 초헌례에 하기도 한다.
그러나 초헌 때 술 권하면서 식사도 함께 권하는 것이
더 좋은 예가 아닌가 생각한다.

· 합문 – 문을 닫고 제관들은 밖으로 물러난다. 그 자리
에 있어야 할 경우 숙사라고 홀기를 부르면 제관들은
뒤돌아선다.

· 계문 – 제주가 헛기침을 세 번 하고 문을 열고 제관들
이 들어간다.

· 헌다 – 국(갱)을 내리고 숭늉을 올린다.

· 철시복반 – 밥(메)을 조금 떠서 숭늉에 놓고 수저를 숭
늉 그릇에 넣어두고 밥(메)그릇을 덮는다. 수저를 처음
있던 제기에 놓는다.

· 사신 – 제관 모두 재배한다.

축관이 지방과 축문을 불사른다. 신주가 있을 경우 제자리에 갖다 놓는다.

· 철상 – 제상 위의 음식을 물린다.

· 음복 – 헌관부터 음복을 한다. 제관 모두 음복하고 이웃이나 친척과 함께 나누어 먹는다. 조상이 남겨준 복된 음식이라 해서 빠짐없이 다 음복한다.

제사 때 절은 남자는 두 번 하고 여자는 네 번 한다.

절을 할 때는 명절 · 혼례 · 제례에는 남자는 왼손을 여자는 오른손을 위로 포갠다.

상주가 되거나 문상 시는 위와 반대로 한다.

장인 장모 제사를 모셔야 할 때는 제주는 사위가 아니다. 딸이나 장성한 외손주가 제주가 된다.

· 지방 쓰는 법

현顯 현顯	현 顯 현顯	현顯 현顯	현顯 현顯
고高 고高	증曾 증曾	조祖 조祖	고考 비妣
조祖 조祖	조祖 조祖	고考 비妣	학學 유孺
고考 비妣	고考 비妣	○ 유孺	생生 인人
통通 숙淑	학學 유孺	○ 인人	부府 신申
정政 부婦	생生 인人	○ 경慶	군君 씨氏
대大 인人	부府 송宋	면面 주州	
부府 박朴	군君 씨氏	장長 김金	
군君 씨氏		부府 씨氏	
		군君	
신神 신神	신神 신神	신神 신神	신神 신神
위位 위位	위位 위位	위位 위位	위位 위位
고조할아버지 **고조할머니**	**증조할아버지** **증조할머니**	**할아버지** **할머니**	**아버지** **어머니**

지방을 쓸 때 벼슬을 하였으면 그 직함을 쓴다.
할머니(비)는 본관을 쓰기도 하고 안 쓰기도 한다.
맨 위쪽 현자를 쓰고 한 칸 내려서 쓴다.
맨 아래 신위 역시 한 칸 띄어서 쓴다.

전통예절에서 절을 할 때, 남자는 양이므로 한 번 하고 여자는 음이므로 두 번 한다. 큰 대사 즉 혼인이나 제사 에는 배로 하므로 남자는 두 번 여자는 네 번 한다.

·축문 쓰는 형식

기 제 축 문

유 維

歲次 干支 某月 干支朔 某日 干支 孝子 姓名 敢昭告于
세차 간지 모월 간지삭 모일 간지 효자 ○○ 감소고우

顯考 學生 府君
현고 학생 부군

顯妣 孺人 靈光 丁氏 歲序遷易 諱日復臨 追遠感時 不勝感慕
현비 유인 영광 정씨 세서천역 휘일부림 추원감시 불승감모

謹以 淸酌 庶羞 恭伸 奠獻 尙
근이 청작 서수 공신 전헌 상

향 饗

위의 예문은 기제 제사 축문이다.

부모가 다 돌아가셨을 때임.

· 유 – 내려온다는 뜻.

· 세차 – 해의 차례라는 뜻이며 그 해의 육갑의 간지를
쓴다. 그 해가 경인년이면 경인이라 쓴다.

· 모월 – 제사의 달을 쓴다. 오월이면 오월이라 쓴다.

· 간지삭 – 그 달의 초하루 일진을 쓴다.

· 모일간지 – 제사일의 날짜와 제삿날의 일진을 쓴다.

· 감소고우 – 삼가 맑게 고한다는 뜻. *손아래 사람의 제사에는 '고우'라고만 쓴다.

· 현고학생부군 – 벼슬이 있으면 그 직함을 쓴다. 현비유인도 벼슬이 있으면 직함을 쓴다. 조부모 이상일 때는 불승영모(不勝永慕), 부모 제사에는 호천망극(昊天罔極), 아내에게는 불승비념(不勝悲念), 친족에게는 불승감창(不勝感愴)

· 내용 – 해가 바뀌어서 돌아가신 날이 다시 임하므로 감동되어 영원토록 사모하는 마음을 이기지 못하여 삼가 맑은술과 여러 가지 음식으로 공손히 전을 드리오니 흠향하시기 바랍니다.
대체적으로 이런 내용이다. 꼭 한문으로 쓰지 않더라도 한글로 써도 이런 내용으로 써서 읽으면 될 것이다.

· 아버지가 계신데 어머니 사망 시는 애자(哀子)
어머니가 계신데 아버지 사망 시는 고자(孤子)
두 분 모두 여의였을 때는 고애자(孤哀子)
졸곡제사(卒哭祭祀)부터는 효자(孝子)라 쓴다.
이상은 답례 인사장을 쓸 때도 참고한다.

· 손아래 사람 문상시는 향 피우고 곡하는 것은 예의로

하지만 절은 안 한다. 고인이 여자인 경우 남자가 문상 시는 상주만 뵌다.

손아랫사람이 죽으면 상주는 되지만 절은 하지 않는다.

상주는 문상을 가지 않는다. (내가 가는 것이 아니고 상주의 고인이 가는 것이므로)

상주는 '아이고아이고' 문상객은 '어이어이' 하고 곡을 한다.

시 제 축 문

```
향                 미  미  현      현      顯      顯      세  歲   유
饗                 증  增  기      기      幾      幾      차  次
                  감  感  대      대      代      代      간  干   維
                  모  慕  조      조      祖      祖      지  支
                  근  謹  비      고      妣      考      시  十
                  이  以  유      유                     월  月
                     淸  인      인      孺      學      간  干
                  청  酌  영      영      人      生      지  支
                  작     광      광                     삭  朔
                     庶  정      정      靈      府      모  某
                  서  羞  씨      씨      光      君      일  日
                  수     세      세                     간  干
                     紙  천      천      丁      之      지  支
                  지  薦  일      일      氏      墓      기  幾
                  천  歲  제      제                     대  代
                     事  예      예      歲      학      손  孫
                  세     유      유      薦      생
                  사  尙  중      중                     ○  이
                     履  제      제      一      부      ○  름
                  상     이      이      祭                  敢
                     玆  자      자             부          감  昭
                     霜  상      상      禮      군          소  告
                     露  로      로      有                  고  于
                                        中      지              
                                        制      묘              
```

· 내용 – 몇년 몇월 몇일 몇대손 누구는 삼가 몇대조 할
  아버지 몇대조 할머니에게 고합니다.
  해마다 한 번 제사를 올리는 것이 예 중의 예로 지어져
  있는 바 찬이슬(서리)을 밟으니 감동을 이길 수 없어서
  맑은술과 여러 가지 음식으로 공경하여 세사를 천신 하
  오니 흠향하시옵소서.

· 대체적으로 이런 내용이니 한문으로 쓰기가 쉽지 않으
  면 한글로 써서 읽어도 무방할 것이다.
· 벼슬이 있으면 그 벼슬을 쓰고 할머니 역시 그에 맞게
  써야 한다.
  예) 할아버지가 정승을 하셨으면 현 기 대 조고 정승
  부군이라 쓰고 할머니는 현 기 대 조비 정경부인이라
  써야 한다. 현은 '높은 이'란 말이라는 것도 참고로 적
  어둔다.
· 시제는 보통 5대조 이상을 모신다.
· 축문 역시 가문에 따라 쓰는 방법이 다르니 알맞게 가
  문의 예에 맞게 써야 한다.

산 신 축

維
유

歲次 干支 幾月 干支朔 幾日 干支 某官 姓名 敢昭告 于
세차 간지 기월 간지삭 기일 간지 모관 성명 감소고 우

土地之神 某公修 歲事于
토지지신 모공수 세사우

某親某官 府君 之墓 維時保佑 實賴
모친모관 부군 지묘 유시보우 실뢰

神休 敢以 酒饌 恭伸奠獻 尚
신휴 감이 주찬 공신전헌 상

饗
향

· 내용 – 아무는 공경하여 몇 대조 무슨 벼슬을 한 할아
버지에게 세사를 드립니다. 때로 보호하여 주시고 도와
주신 신의 덕택을 입고 있어서 술과 찬으로 공경하여
전을 드리오니 흠향하시옵소서.

· 대체적으로 이런 내용이며 역시 한글로 써도 무방할 것
이다.

- 첫째 줄 '모관 성명'은 산신제를 올리는 헌관 이름을 쓰고, 둘째 줄 '모 공수 세사우'는 시제 모신 헌관 이름을 쓴다.
- 이 산신축은 가로쓰기로 써 보았다. 지방이나 모든 축은 여태까지 세로쓰기로 써진 것만 보아왔는데 이제 가로 쓰기가 보편화한 현대에 꼭 세로쓰기를 할 필요는 없을 것 같아서 가로쓰기로 바꿔 보았다. 참고하기 바란다. 아울러 한문이 점차 사라져 가고 있는 한글세대의 지금, 꼭 한문으로 쓰는 것을 고집하는 것보다는 한글로 축문을 쓰는 것도 고려해보아야 하지 않을까 하는 생각에서 한문과 한글을 병행해서 축문의 예를 써 놓았다. 한글로 쓸 경우 그냥 한문을 한글 음으로 써도 되고 해석을 하여서 써 놓은 것처럼 써도 아무 상관이 없으리라 생각한다.

제례 후기

앞에서도 말했지만 나는 건어물 가게를 운영하였는데 제수품을 사려고 오던 단골 손님 중에서 가끔 이런 말을 들었다.

집에 환자가 있어서 제사를 이번에는 지내지 않는다.
결혼 날을 받아서 제사를 지내지 않는다.
초상집에 다녀와서 제사를 지내지 않는다.
사람이 죽어서 제사를 지내지 않는다.

하는 말들을 가끔 들었다. 어떤 말이, 어떤 예절이 틀리고 맞는지는 나도 모른다. 그 지방의 풍습, 그 집안의 가풍에 따라서 하는 것이 바람직한 것만은 사실이라 생각한다.

내가 살다 온 지방은 집에 아픈 분이 있거나 결혼날을 받았거나 초상이 났거나. 어떤 일이 있어도 제사는 다 지내는 것이 예였다. 다만 초상집에 다녀오면 그 장본인만 제사에 참여를 하지 않았다. 그리고 다른 가족이 제사를 모시었다.

참고로 여담 한 가지만 얘기하겠다.

예문에 밝은 서당 선생님이 계셨는데, 어느 날 한 사람이 찾아와서 하는 말이

"오늘 저녁 저의 아버님 제사인데 궂은 데를 다녀와서 제사를 모셔야 할지 모시지 않아야 할지 몰라서 여쭈어 보려고 왔습니다."

하니까 선생님이 하시는 말씀이

"모시지 말게."

하였는데 다시 조금 있다가 다른 한 사람이 찾아와 역시 하는 말이

"오늘 저녁 아버님 제사인데 궂은 데를 다녀와서 제사를 모셔야 할지 모시지 않아야 할지 몰라서 여쭈어 보려고 왔습니다."

하니까 선생님 말씀이

"그러면 모시게."

하더란다. 제자들이 이 광경을 보고 있다가 궁금하여 묻는 말이

"선생님 방금 다녀가신 두 분이 다 아버님 제삿날 궂은 데를 다녀와서 여쭈어 보려고 왔는데, 어찌하여 한 분에게는 제사를 모시라 하고 한 분에게는 제사를 모시지 말라고 하셨습니까?"

하고 여쭙자, 선생님이 말씀하시기를

"한 사람은 제사를 모시기 싫어서 물어보는 사람이고 또 한 사람은 아버님 제사를 모시고 싶어서 물어보는 사

람이어서, 모시기 싫은 사람에게는 모시지 말라고 하고 모시고 싶은 사람에게는 모시라고 하였느니라."

고 하셨다고 한다.

제사는 물 한 사발을 떠 놓고 모시는 한이 있더라도 지극정성을 다하는 마음으로 모셔야 하는 것이란 말을 많이 듣고 자랐다. 물론 그렇게 하지 못하는 나 자신이 한없이 부끄러운 일이지만, 아무튼 제삿날에는 불평이 있더라도 참는 것, 이것만은 자손으로서 지켜야 할 도리가 아닌가 하는 생각을 하고 이 책을 보는 이에게도 말씀을 드리고 싶다.

「좋은 주례사 행복한 결혼」
천년 행복

주례사 77선

－당신이 행복해야 내가 행복하다－

초판인쇄　2019년　2월　15일
초판발행　2019년　2월　20일

저　자　정하선

발 행 처　❀(주)이화문화출판사
등록번호　제 300-2015-92호
주　소　서울시 종로구 인사동길 12, 310호 (대일빌딩)
전　화　02-732-7091~3 (구입문의)
F A X　02-738-5153
홈페이지　www.makebook.net

값 15,000원